KB115115

복수의 길

강준헌 장편 소설

FUSION FANTASTIC STORY

도서출판 청어람

복수의 길 4

강준현 장편 소설

초판 1쇄 찍은 날 § 2014년 3월 7일
초판 1쇄 펴낸 날 § 2014년 3월 14일

지은이 § 강준현
펴낸이 § 서경석

편집부장 § 권태완
편집책임 § 이효남

펴낸곳 § 도서출판 청어람
등록번호 § 제387-1999-000006호
등록일자 § 1999. 5. 31
어람번호 § 제1-1801호

주소 § 경기도 부천시 원미구 부일로 483번길 40 서경B/D 3F (우) 420-822
전화 § 032-656-4452 팩스 § 032-656-4453
http://www.chungeoram.com
E-mail § chungeorambook@daum.net

ISBN 979-11-5681-915-8 04810
ISBN 978-89-251-3658-5 (세트)

강준현 장편 소설

FUSION FANTASTIC STORY

복수의 길

4

도서출판 청어람

CONTENTS

1장

붉은 달빛

천안 삼거리파의 아지트는 삼거리에 있지 않고 주택가에서 조금 떨어진 곳에 있었다.

건축자재가 쌓여 있고 천안건설이라는 간판이 붙어 있는 것이 건실한 사업가 흉내를 내고 있는 모양이다.

퇴근 시간이 훨씬 지났음에도 천안건설은 환했다. 그리고 사고 장소에서 빵빵거리던 검은 승용차가 안쪽에 서 있는 것이 보였다.

"뭐요?"

철문 앞에서 담배를 피던 검은 양복의 사내가 힐끗 쳐다보며 묻는다.

"어······?"

깡!

난 묻는 말에 답하지 않고 철문 사이로 손을 넣어 넥타이를 잡아당겼고 사내는 뭔 말을 하려다 그대로 철문에 머리를 박고 쓰러진다.

"기절해 있는 게 좋을 거야."

문을 지킬 정도라면 조직에 들어온 지 얼마 되지 않았을 터, 기절한 채로 내버려 둔다.

그리고 허리춤에 있는 단검을 꺼냈다가 다시 넣고 쓰러진 놈의 품을 뒤졌다.

사시미와 레저용 핸드나이프가 나온다.

그중 레저용 핸드나이프를 역으로 쥐고 건물로 걸음을 옮긴다.

중국인 살인 사건의 살인마가 라이브 빌딩에서 죽었다고 믿는 검찰과 경찰을 다시 자극할 필요는 없었다.

천안 삼거리파는 아주 평범하게 처리할 생각이다.

"네놈은 뭐냐?"

"처음 보는 놈인데?"

"거기 멈춰!"

건물 입구에 서성이던 다섯 명은 내가 다가가자 경계를 함과 동시에 뒤춤에 차고 있던 칼을 꺼내며 한마디씩 한다.

"너희들 두목 잡으러 왔다."

"사장님을? 너 짭새냐?"

"아니, 킬러."

"킬러? 씨발! 킬러든 짭새든 일단 조겨!"

서로 적이라고 느꼈기에 긴 얘기는 필요 없었다.

다섯 중 두 명이 먼저 치고 나온다. 영화와 같은 발차기는 없었다.

한 놈의 칼이 좌에서 우로 베어오고 다른 한 놈은 옆에서 찔러온다.

왼발을 뒤로 한 걸음 빼면서 오른발을 축으로 90도를 돈다.

빠르게 하면 눈앞에 있던 사람이 갑자기 사라지는 것처럼 보이게 하는 보법이었다.

"악! 으악!"

왼쪽 어깨와 왼쪽 다리의 아킬레스건을 한 번씩 찍었다.

놈을 짓누르며 타고 올라가 뒤에 있는 녀석의 어깨, 허벅지, 아킬레스건을 한 번씩 찍는다.

이게 시작이었다.

한쪽 팔과 다리를 쓰지 못한 채 평생 속죄하면서 살라는 의미에서 철저히 팔과 아킬레스건만 노린다.

입구의 다섯을 처리하고 건물 안으로 들어서자 이미 내가 온 것이 알려졌는지 일자형 복도에 일본도와 사시미, 손도끼를 든 조폭들로 가득하다.

"하압!"

잠시도 주춤거리지 않고 잔뜩 긴장한 놈들에게로 달려든다.

설사 수백 명이라도 복도에서 날 공격할 수 있는 숫자는 고작 2~4명.

뒤에서 도끼로 찍고 칼을 휘두른다 해도 바싹 붙어 몸만 숙이면 닿지 않았다.

"어어어… 밀지 마!"

"넘어진다!"

맨 앞에 서 있는 두 명의 공격을 피하며 바싹 붙어 힘을 다해 밀기 시작하자, 놈들이 서서히 밀리더니 서로 다리가 꼬이며 뒤에서부터 넘어지기 시작한다.

"아악! 카, 칼 치워!"

"크윽! 찔렸다."

넘어지면서 들고 있던 무기에 같은 편이 찔리고 베이고 아비규환이 벌어진다.

난 넘어진 놈들을 맨 앞에서부터 차근차근 찌르고 베어 나간다.

"비, 비켜… 크악!"

"안 돼! 악!"

내 손놀림은 거침이 없었다. 넘어진 놈의 팔을 밟고 어깨를, 버둥거리는 다리는 무릎이나 발목 뒤를 거침없이 그어버린다.

불과 10분도 되지 않아 복도는 피비린내와 신음 소리로 가득하다.

"하아~ 흐읍!"

싸울 때 최대한 신경 쓰던 호흡을 버리고 길게 뱉고 깊게 들이켠다.

주변에 느껴지는 기운 중 서 있는 사람은 정면에 보이는 문 뒤에 있는 넷뿐.

'총인가?'

서 있는 폼이 아무래도 수상하다.

호흡을 가다듬으며 피가 잔뜩 묻은 손도끼 두 개를 들고 문을 열었다.

"이얍!"

발을 안으로 내딛자 일본도가 머리를 향해 내려온다. 이미 예상하고 있었기에 내디뎠던 다리를 뒤로 뺀다.

도는 아슬아슬하게 내 얼굴을 지난다. 만일 내가 서양인만큼 코가 높았다면 약간 잘렸을 거리였다.

"헛! 컥!"

일본도로 날 자르려고 했던 이가 검도에 일가견이 있었다면 피하자마자 멈추며 다른 공격을 해왔겠지만 몽둥이처럼 공격만 할 줄 아는 놈인지 죄 없는 바닥만 자른다.

난 그 틈을 놓치지 않고 그대로 손도끼로 팔을 찍고, 놈을 방패 삼아 안으로 들어갔다.

탕! 탕! 탕! 탕!

귀청을 얼얼하게 만들 정도로 큰 총성이 울린다. 방패가 된 놈이 쓰러질 때 두 자루의 손도끼가 허공을 가르며 날아간다.

슉! 슉!

"컥!"

"……"

두개골에 도끼를 꽂은 채 쓰러지는 두 사람 사이로 새파랗게 질린 천안 삼거리파의 두목이 보인다.

말쑥하고 멋지게 입은 양복에 불룩 나온 배가 이미 오래전 칼을 놓은 사람이라는 걸 보여준다. 그는 아무런 행동을 취하지 않는다.

하지만 한 지역의 두목답게 곧 자신을 가다듬고 약간 떨리는 목소리로 묻는다.

"누구냐?"

"네가 죽이려 했던 사람."

"내가 당신을 죽이려 했다고?"

"좀 전에 트럭으로 말린 오징어처럼 만들려 했잖아? 젊은 나이에 벌써 치매야?"

"놈은 죽었다고……"

"보고가 잘못된 거지."

"그럴 리가……"

"죽었다고 생각하고 싶으면 그러시든가. 어쨌든 당신에게 묻고 싶은 게 있어."

"내 동생을 죽인 놈에게……!"

퍽!

"크윽!"

상황파악도 안 되는 모양이다. 동생이 죽었다고 이빨을 드러낸다.

난 그대로 발로 걷어찼다.

"지금 상황 파악이 안 돼? 그리고 니 동생 죽은 건 억울하고, 다른 사람은 가족이 죽어도 괜찮아? 이 새끼 정말 짜증나게 만드네."

퍼퍼퍼퍼퍽!

어이없음에 말투까지 바뀌었다.

반말 지껄이는 것이야 그냥 그러려니 넘어갔지만 적반하장격인 행동은 용서할 수 없어 마구 두들겼다.

"하악! 하악!"

아무 생각 없이 닥치는 대로 때리다 보니 수십 명을 쓰러뜨렸을 때보다 더 숨이 찼다.

정신을 가다듬고 다시 말한다.

"당장 죽여 버리고 싶은데 묻고 싶은 게 있어 참는 거야."

"크, 크크! 죽여! 나에겐 어떤 말도 듣지 못할 거다."

"그래?"

"그래!'

곧 죽어도 한 조직의 수장이라는 말인가.

그러나 웃음이 나왔다.

"홋! 좋아. 그 결심 바뀌지 않길 바란다."

"마음대로 해봐, 이 새끼야!"

그의 말처럼 마음대로 하기로 했다. 몇 개의 혈을 연속해서 눌렀다.

통극소사보다는 덜하지만 빨래처럼 쥐어짜는 고통을 느끼게 만드는 고문법이었다.

"으아아아아아~ 말하겠소, 아니 말하겠습니다. 악! 으으으아악!"

그는 처음 각오완 달리 10분도 되지 않아 항복했다. 인간이 버틸 수 있는 고통이 아니었다.

"담배 하나 피워도 되겠소?'

"마음껏 피워."

"후우~ 이렇게 된 것이 천 검사 그놈 때문이라면 믿겠소?'

"글쎄, 말해봐."

"그놈이 이곳에 처음 내려왔을 때였소. 당시 난 그저 애들 열 명 정도 데리고 있던 건달이었지. 한데 놈은 오자마자 소규모 깡패 조직을 처리하기 시작했소. 그러면서 나에게 은밀히 이 지역을 장악할 생각이 없냐고 묻더군. 감옥이냐, 큰 조직의 보스냐, 고민은 길지 않았소. 그리고……."

삼거리파 두목의 말은 길게 이어진다.

권력을 가진 한 인간이 나쁜 짓을 할 생각을 하면 어떻게 되는지를 단적으로 보여주는 사례였다.

조직을 키우고, 그 조직을 이용해 나 사장과 같은 암적인 존재를 뒤에서 받쳐 주고, 억울한 일을 당하는 이들을 무시해 버린 것이다.

두목의 말에 따르면 금력, 권력, 폭력 세 개의 힘으로 수많은 피해자를 만든 원흉은 천 검사 그놈이었다.

물론, 난 누군가의 말을 100%로 믿을 만큼 순진하지 않았다.

담배 세 개비를 피웠을 때 모든 얘기가 끝이 났고, 그는 소파에 기댄 채 눈을 감는다.

"할 말은 다 끝났어?"

"…아프지 않게 보내주시오."

"그러지."

난 그의 뒤에서 목을 잡고 가볍게 돌렸다. 목뼈가 나가는 소리와 함께 그는 쓰러진다.

에에에엥~ 삐보! 삐보! 에에에엥~

수고로움을 덜었다. 다친 이들이 경찰에 신고를 한 모양이다.

뒤로 난 창문을 통해 밖으로 나왔다. 그리고 마지막 목표인

천 검사에게로 향한다.

* * *

"이… 사람은 왜 전화를 안 받아!"

천진한 검사는 계속해서 천안 삼거리파 두목인 예문호에게 전화를 걸고 있었다.

'새끼'라는 말이 나오려 했지만 퇴근을 하지 않고 자신의 눈치만 살피는 사무실 직원들 때문에 삼킨다.

조금 전, 119와 112에 살인 사건이 접수된 곳이 그들의 아지트였기에 무슨 일인가 싶어 전화를 걸어보지만 도통 받지를 않는다.

"아으~ 쓰으으읍!"

생각 없이 전화기를 오른쪽에서 왼쪽으로 바꾸다가 어제 다친 상처를 건드렸다.

입에선 비명이 절로 나온다.

"저… 검사님. 무슨 일인지 모르지만 일단 병원에 가보시는 게…….."

"괜찮아요. 참, 그리고 그놈은 어떻게 됐어요?"

칼에 깊게 베인 상처가 괜찮을 리 없었다.

어제 경찰에 쫓기다가 자살한 최민석이 지청에 숨어 들어와 그에게 남긴 상처였다.

만일 두 경찰이 죽었다는 소식에 미리 방비를 하지 않았다면 목이 날아갔을 것이다.

"분석관 말로는 범죄자 데이터베이스에는 없는 놈이랍니다."

"출입국 관리소에는 알아봤어요?"

"비슷한 중국인이 있긴 했는데 관광을 하고 10일 전 출국한 상태였습니다."

"결국 아무것도 알아내지 못했단 소리네요?"

"네. 죄송합니다."

천진한 검사가 볼 땐 당연히 죄송해야 하는 상황이었다.

'젠장!'

그러나 아무 말도 못한 채 두 팔을 책상에 올리고 생각에 빠진다.

최민석은 자살하기 전, 자신을 향해 소리쳤다.

비록 네놈을 죽이지 못하고 가는 것이 억울하지만 네놈도 무사하지 못할 거야! 너를 노리는 사람이 나 하나가 아니거든! 하하하하! 지옥에서 보자!

그 말은 분명 그 말고도 자신을 노리는 다른 누군가가 있다는 소리였기에 나 사장과 두 경찰관이 죽은 근처의 CCTV를 분석했고, 차를 타고 다니는 30대 중반의 남성을 찾아냈다.

그리고 나 사장을 죽인 범인은 최민석이 아니라 그 남자라는 것도 알아냈다.

하지만 차량은 대포차였고, 남자는 정체불명이었다.

그래서 그 사실을 예문호에게 알려 고속도로와 국도를 감시하게 해놓고 보이는 즉시 죽이라고 말해놓았다.

'사고는 났는데 사고 차량의 운전자도, 트럭을 몬 운전자도 없었어. 그리고 아지트에서 살인 사건이 일어났다고 전화가 왔고……'

요 며칠간 일어난 일들과 오늘 일어난 일들을 차분히 생각하자 복잡했던 머리가 풀리며 한 가지 결론에 닿는다.

'놈의 다음 목표는 나야!'

우수한 성적으로 사법연수원을 졸업했음에도 자신은 지방으로, 자신보다 성적이 나쁜 이는 서울로 발령받은 것은 가진 배경이 없다는 것 때문이라 생각했다.

그래서 그저 돈을 벌어 배경을 만들기 위해 시작한 일이었다.

말 잘 듣는 예문호를 내세워 조직을 만들게 하고, 나 사장 같은 사람 인물의 뒤를 봐주자 돈을 절로 들어왔다. 그리고 그 돈으로 차츰 자신의 배경이 되어줄 사람을 만들 수 있었다.

하지만 좋은 것은 순간에 불과했다.

주종관계처럼 되어 있던 관계는 서로의 비밀과 약점을 알아가며 차츰 평등한 관계가 되었고, 두 사람은 천 검사의 눈치를 보지 않고 갖은 악행을 저질렀다.

물론, 뒤처리는 그의 몫이 되었다.

그는 벗어나려 했다. 그러나 이미 늦었음을 알게 되었다.

셋은 이미 한 몸이 된 것은 물론이고 차츰차츰 그 세를 불려 나갔다.

두 경찰도 그렇게 한 몸이 된 사람들이었다.

"검사님, 검사님!"

"아, 네……."

"사건 현장에 있는 심 형사가 전화를 했습니다."

"돌려주세요."

심 형사도 서서히 같은 편이 되어가는 인물이었다. 천진한은 전화기를 들고 말했다.

"네, 심 형사님."

─아무래도 일이 커지게 생겼습니다.

"왜요?"

─예문호가 죽었습니다.

"네? 어, 어떻게요?"

─목이 완전히 꺾였습니다. 그리고 총격전이 벌어진 모양입니다.

'젠장!'

"몇 명이나 죽었습니까?"

―예문호까지 총 넷입니다. 한데…….

"왜요? 또 다른 문제가 있습니까?"

―서른 명이 넘는 조직원이 다들 아킬레스건과 팔을 다쳤습니다. 여긴 마치 전쟁터 같습니다.

"……."

웬만한 살인 사건이야 자신의 선에서 해결할 수 있었다.

그러나 총격전에 사상자가 수십이라면 이미 천진한 자신의 손을 떠난 사건이었다.

대전 지방 검찰청뿐만 아니라 서울지검에서 움직여 사건의 조사가 이루어질 것이 분명했다.

'끝인가……?'

지금까지 유지하고 있던 긴장의 끈이 일순간에 풀어지는 것이 느껴졌다.

그리고 자신을 되돌아보게 된다.

'하아~ 도대체 내가 뭘 한 거지?'

주관적으로 봐도 인간으로 용서가 되지 않을 만큼 많은 짓을 했다.

천진한은 자리에 일어나며 사무실에 있는 세 사람에게 말했다.

"…자, 퇴근들하세요."

"저흰 괜찮습니다……."

"할 일도 없잖아요. 다들 준비들하세요."

"네."

계장과 수사관, 여직원 세 사람은 천진한의 눈치를 보며 퇴근 준비를 한다.

"참, 계장님. 이거 가지고 술이라도 한잔하세요."

"뭘 이렇게 많이……."

"맛있는 것 드세요."

천진한은 지갑에 있던 모든 돈을 꺼내 계장에게 줘버린다.

"검사님은 퇴근 안 하십니까?"

"전 잠깐 마무리하고 병원에 가볼 생각이에요. 마음이 바뀔지 모르니 어서들 들어가세요. 하하하!"

"그럼, 내일 아침에 뵙겠습니다."

마지막 인사에 답은 하지 않고 그저 빙긋 웃기만 하는 천진한이다.

세 사람이 나간 문을 잠시 쳐다보던 천진한은 자신의 책상을 정리하기 시작했다. 증거를 보관하는 성격은 아니었기에 딱히 정리할 것은 없었다.

스마트폰을 켰다.

손가락으로 검색을 하다 '아버지' 라고 적힌 곳에서 누를까 말까를 고민한다.

하지만 결국 누르지 못하고 스마트폰 케이스를 닫고는 책상 위에 올려둔다.

그를 위해 최선을 다했지만 돈도, 배경도 없는 그저 평범한 사람이었기에 무척이나 원망했었다.

한데 지금 생각해 보니 아버지는 평범했지만 자신을 키우고 세상을 바르게 살아간 반면, 자신은 해놓은 것 없이 세상에 폐만 끼친 것이다.

"죄송해요, 아버지, 어머니……."

천진한 자신이야 죽으면 그뿐이다.

하지만 사건이 세상에 알려지면 많은 이가 그의 부모에게 손가락질을 할 것이 분명했다.

마지막으로 목소리라도 듣고 싶은데 그렇게 하면 결심이 약해질까 중얼거림으로 대신한다.

천진한은 사무실에서 나와 옥상으로 향한다.

"쯧! 덥네."

한낮에 달궈진 옥상은 열을 토해낸다. 천진한은 죽음을 앞두고 있음에도 더위에 짜증이 난다.

"결국 못 끊네. 그래도 이거라도 있어 다행인가? 하하! 후우~"

나 사장과 예문호가 속을 썩이면서부터 피기 시작한 담배였다. 항상 피면서도 끊기를 갈망했지만 못 끊었는데 오늘은 다행이라는 생각이 들었다.

담배에 불을 붙이고 깊게 들이마신 후 내뱉으며 천진한은 중얼거린다.

"죽을 생각인가?"

"누구……? 혹시 킬러?"

"검사라 그런지 아예 머리가 없진 않군."

30대 초중반쯤 되어 보이는 남자가 어느새 뒤에 나타나 있었다.

이죽거리는 태도에 잠깐 인상을 구겨졌지만 자신의 처지를 생각하자 금세 풀어진다.

"최민석의 의뢰를 받은 건가?"

"최민석? 그 친구 이름이 최민석이었나?"

"아닌가? 하긴 날 죽이고 싶어 하는 놈이 한둘은 아닐 테지."

"알고 있으니 다행이군."

"이죽대지 마. 죽을 때 죽더라도 네놈을 괴롭혀 줄 수 있으니까."

천진한은 무시당하는 것 같아 한마디 쏘아붙인다.

"제발 그래줘. 의뢰인은 네놈을 갈가리 찢어 죽이라 했거든. 안 그래도 그냥 보내줘야 하나 고민하고 있던 차였는데 잘됐군."

천진한은 그의 눈빛을 보곤 말하는 바가 진심임을 알고 소름이 끼쳤다.

그리고 그제야 상대가 혼자서 삼거리파의 조직원 수십 명을 병신으로 만든 자임을 실감한다.

고통받기 싫어 자살을 선택한 그였다. 갈가리 찢기고 싶은 마음은 없었기에 말을 돌렸다.

"의뢰인보다 돈을 더 주면 날 살려줄 수 있나?"

"아니."

"의리 있는 킬러군. 그렇다면 내 목숨 값이 얼마인지는 말해줄 수 있나?"

"이만 원."

"이천만 원도 아니고, 이억도 아니고 이만 원?"

어이가 없어서 되묻게 되는 천진한. 하지만 그의 이어지는 말에 쓴 웃음을 지으며 인정할 수밖에 없었다.

"쓰레기 치우는 값치곤 비싼 편이지. 본래 만 원만 받을 생각이었는데 두 배로 주더군."

"그런가……."

그저 그런 킬러는 아니라는 생각이 들었다.

만약 그랬다면 벌써 칼을 맞고 바닥에 쓰러져 있었을 것이다.

들을 얘기를 다 들은 천진한은 건물의 난간에 올라선다.

"후우~ 두렵군."

"네가 다른 사람의 삶을 지옥으로 만든 건 생각하지 않나 보군? 너에겐 고작 몇 초만 지나면 모든 것이 끝이지만 너 때문에 고통받은 사람은 아직 수십 년을 더 고통받아야 해."

잔인한 놈이다.

아무리 큰 죄를 지어도 죽음을 택한 사람 앞에선 용서를 하게 마련이다.

한데 놈은 더 어서 뛰어내리라 종용을 한다.

"밀어줄 수 있나?"

"회를 쳐줄 순 있어."

"됐네. 그냥 뛰어내리지. 그리고… 당신 의뢰자에게 죄송하다고 전해줘."

"……."

천진한의 마지막 말은 진심이었다.

그 말을 끝으로 허공을 밟는다.

지난 세월이 주마등처럼 지나간다. 그리고 자신이 한 짓을 참회했다.

'죄송…….'

퍼어억!

붉은 달빛보다 더 붉은 피가 바닥을 적신다.

2장

추억의 끝

　7월의 두 번째 주말, 반바지에 짧은 민소매 티를 입은 이다혜는 가방을 매고 대문을 나선다. 대문 앞 골목에서 시계를 보며 두리번거리는 것이 누굴 기다리는 모습이다.

　그때, 빠르게 오토바이 한 대가 골목을 올라오더니 이다혜의 집 앞에 선다. 오토바이에서 내린 사내는 자그마한 박스를 꺼내 초인종을 누르려다 이다혜를 보고는 물었다.

　"혹시 이다혜 씨?"

　"네. 어떻게 오셨죠?"

　"퀵서비스입니다. 신분 확인을 위해 전화번호를 말씀해 주겠어요?"

"누가 보낸 거지?"

이다혜가 전화번호를 불러주자 퀵서비스 사내는 박스를 그녀에게 건넨다.

보낸 사람의 이름이 없는 소포를 보며 막 박스를 뜯으려는 순간.

빵빵!

"다혜야!"

골목을 올라오는 자동차가 경적을 울렸고, 차의 뒷좌석에 고개를 내민 채 손을 흔드는 한경수의 모습이 보인다.

이다혜는 들고 있던 박스를 대문 안에다 넣어놓고 차에 올랐다.

"안녕, 다혜야."

"다혜 언니, 안녕하세요!"

"모두 좋은 아침!"

운전석과 보조석에 앉은 무찬과 해윤이 반갑게 그녀를 맞이한다.

인사를 마치자 차는 빠르게 골목을 나가 오늘의 목적지로 향한다.

"둘이 데이트하는데 우리가 끼어도 되는 거야?"

이다혜는 앞에서 즐겁게 장난치는 두 사람을 보다가 미묘하게 가슴이 흔들리는 걸 느꼈지만 애써 무시하고 물었다.

"둘만의 데이트? 뒤에 따라오는 차를 봐."

운전을 하던 박무찬이 빙긋 웃으며 말했고, 이다혜는 그의 말대로 뒤를 보았다.

검은색 자동차가 바짝 뒤따르고 있었는데 차에 탄 두 사람 중 보조석에 앉아 있는 사내가 가볍게 손을 들며 인사를 한다.

"해윤이의 경호원?"

"맞아. 딸을 생각하는 누구 아버지 덕분에 둘만의 오붓한 데이트는 불가능하니 신경 쓰지 말고 재미있게 놀자고."

"으이구! 그걸 꼭 말해야 되니? 그리고 정 불편하면 보낼게."

"됐거든. 저분들 보내면 난 그날부로 지구상에서 사라질걸."

이다혜는 티격태격 싸우는 둘을 보다가 경호원들이 따라오지 못하게 한 것이 다행이라는 생각을 했다.

네 사람이 놀러 가는데 네 명의 경호원이 따라붙는 건 별로 좋은 모습은 아니었다.

"너… 괜찮은 거지?"

한경수가 조용히 귓속말로 속삭인다. 뭘 묻는 건지 아는 이다혜는 웃으며 말했다.

"허락해 줬어. 자기가 바빠서 데이트를 못한다고 오히려 미안해하던걸."

박무찬이 나타난 다음부터 두 사람 사이에 변화가 생겼다.

과거 항상 다정다감하던 신수호는 신경질적으로, 의욕이 없던 이다혜는 적극적으로 바뀌었다. 그렇게 그럭저럭 잘 이어가던 관계가 서미혜의 결혼식 이후로 어긋나기 시작했다.

이다혜는 그 어긋남이 자신의 탓이라 생각했다.

그래서 박무찬이 사라졌던 동안 자신에게 헌신적이던 신수호에게 방학 동안 여행을 제안했다.

신수호는 무척 좋아했고, 둘의 관계는 다시 좋아지고 있었다.

그래서일까, 신수호는 이번 여행을 순순히 허락해 줬다.

"다행이네. 참, 지금 강원도 지역에 비가 많이 온대. 그래서 춘천으로 목적지를 바꿨는데 괜찮아?"

"상관없어. 그냥 서울을 벗어나는 것만으로 만족이야."

이다혜는 에어컨 바람이 싫어 살짝 열어둔 창문으로 더운 바람이 들어왔지만 상쾌하게 느껴졌다. 언제부턴가 실타래처럼 엉켜 있던 머리가 약간이지만 풀리는 느낌이었다.

빠른 점심으로 닭갈비를 먹고 목적지인 중도 근처의 호텔에 도착했다.

"방은 세 개 잡았어. 경호원 분들, 경수랑 다혜랑, 나랑 해윤이랑… 이러면 죽겠지?"

"당연하지! 이 무드라곤 없는 놈아!"

"킥킥! 내가 저녁에 잠깐 비켜줄게. 1시간이면 충분하지?"

노해윤이 박무찬의 말에 발끈하며 외쳤고, 한경수는 그 모습이 웃긴지 농담을 하며 분위기를 띄운다.

"한 시간으론 부족해."

"10번도 가능하겠다. 객쩍은 소리들 말고 짐 벗어놓고 어디 갈 거야?"

"10번까지야……. 중도관광지에 가자. 수상 스포츠도 할 생각이니까 옷들 챙겨."

이다혜가 농담의 종지부를 찍었다.

여섯은 방으로 들어가 각자 짐을 놓고 중도관광지로 배를 타고 들어갔다.

중도관광지는 의암댐이 건설되면서 의암호 가운데 생긴 섬으로 여러 명이 머물 수 있는 숙소와 펜션, 야영장 등이 있어 MT 장소, 여행지로 좋았다.

또한 뛰어놀 수 있는 넓은 잔디밭과 자전거 대여점, 수영장, 보트장 등 다양한 즐길 거리가 있어 가족, 친구들과 함께 하기 좋은 장소였다.

노해윤은 신이 났는지 잠시도 가만히 있지 않고 팔짝거린다.

"우리 커플 자전거 타요!"

"이 날씨에 자전거를 타자고? 일사병에 걸려 쓰러져."

자전거 타는 걸 거부하는 박무찬을 무시한 채 대여점으로 달려간 노해윤은 떡하니 커플 자전거 2대를 빌린다.

이다혜는 그런 노해윤을 빙긋이 쳐다보다 어쩔 수 없다는 듯 자전거를 타는 박무찬의 뒷자리에 탄다.

"다혜 언니, 이건 커플 자전거예요!"

"메롱! 이건 친구 자전거야. 무찬아, 달려!"

노해윤은 발끈하며 소리쳤지만 이다혜는 박무찬의 등을 소리나게 치며 출발시켰다.

두 사람을 태운 자전거가 빠르게 가버리자 노해윤이 어쩔 수 없이 한경수와 자전거를 타고 따라간다.

이다혜의 얼굴에 웃음이 가득했다.

이렇게 웃는 게 얼마만인지 기억도 나지 않지만 지금은 마냥 신이 났다. 그리고 앞에서 열심히 페달을 밟는 박무찬의 등을 보니 마치 고등학교 당시로 돌아간 듯했다.

"즐거워 보인다."

"응. 고등학교 때로 돌아간 것 같아 기분이 좋아. 간혹 이렇게 나와야겠다."

"…미안."

"응, 뭐라고?"

"아니, 친구끼리 자주 놀러 다니자고."

"그래. 수호랑 여행 갔다 와서 내가 계획 짜볼게. 그땐 수호랑 같이 오자."

신수호랑 무슨 일이 있었는지 모르지만 그를 지독히도 싫어하는 박무찬이었기에 사실 불가능한 얘기라는 걸 그녀도 알았다.

하지만 친구들과 어울리는 지금 이 순간이 좋았다.

고등학교 때는 박무찬이 실종되면서 제대로 보내지 못했고, 대학생이 되어서는 신수호가 항상 옆에 붙어 있어 오늘 같은 자유로움을 느껴보진 못했다.

"박무찬! 천천히 좀 가! 헉헉!"

한경수와 노해윤은 땀을 비 오듯 흘리며 쫓아오고 있었다.

"킥킥! 저 두 사람 운동 좀 해야겠다. 무찬아, 너도 더워?"

"나? 전혀~"

돌아보는 박무찬의 얼굴은 좀 전과 다를 바 없이 보송보송했다.

"그럼, 달려!"

"오케이!"

좁혀지던 자전거는 금세 다시 거리를 벌리며 사라져 간다.

"박무찬! 너 죽었어! 경수 오빠, 빨리 밟아요!"

노해윤은 비명을 지르듯 소리치곤 페달을 광속으로 밟기 시작했다.

이다혜의 얼굴엔 하루 종일 웃음이 사라지지 않았다.

수상레포츠를 하기 위해 구명조끼를 입을 때 노해윤이 조끼가 맞지 않는다며 얼굴 전체가 붉게 물든 채 자신에게 귓속말을 했을 때, 바나나보트를 타다 물에 빠진 한경수가 쌍코피가 터진 채 물 밖으로 나왔을 때 배가 아플 정도로 웃었다.

저녁을 먹기 위해 온 레스토랑에서도 마찬가지였다. 박무찬만 조용히 듣고 있을 뿐 한경수, 노해윤과 함께 웨이터가 주변을 위해 조용히 해달라고 말할 정도로 웃으며 떠들고 있었다.

결국 비어 있는 단체실로 자리를 옮기고 나서야 더 이상 웨이터의 눈치를 보지 않아도 되었다.

"깔깔깔! 아까 해윤이가 구명조끼를 입었을 때 얼굴 표정을 봤어야 하는 건데. 누구는 좋겠어. 베이글녀를 애인으로 둬서 말이야."

"언니! 그, 그 얘기는……."

"거기 있던 안전요원도 입을 벌린 채 황당한 표정을 짓더라. 깔깔깔!"

"무찬아. 나 밤 늦게까지 시내 구경 갔다 올게."

"경수 오빠!"

이다혜의 놀림에 한경수가 박무찬의 어깨를 두드리며 호응을 한다.

하루 종일 놀아 피곤한 상태에서 술이 몇 잔씩 들어가자 음담패설에 가까운 얘기가 오감에도 분위기는 더욱 즐거워진다.

"오늘 같은 날 카메라를 가지고 왔어야 하는 건데 아깝다. 경수가 코피 흘리는 장면은 명장면이었는데 말이야."

"언니, 걱정 말아요. 아까 경호원 아저씨들이 열심히 찍고 있었거든요."

"진짜? 그분들이 와서 안 좋은 사람은 무찬이뿐이구나. 경수야, 찍혔으면 미대 앞에 예쁘게 붙여줄게. 호호호호!"

"그렇게 하기만 해봐! 너랑 인연은 끝이야!"

"해윤아, 아저씨들에게 카메라 받아 와."

"맞다! 무찬이는 머리가 좋다니까. 카메라 받아 올 테니 확인해 봐요."

노해윤은 카메라를 가져오려고 자리에서 일어났다. 하지만 막 테이블을 나가려던 그녀가 멈춰 선 채 중얼거린다.

"어? 저 사람 신수호 선배 아닌가?"

"……"

단체 홀은 일순간 침묵에 빠졌고 세 사람의 눈은 일제히 노해윤의 시선을 쫓는다.

단체 홀의 창문은 밖에서는 안을 볼 수가 없었지만 안에서는 밖을 볼 수 있는 구조였다. 그리고 그곳에서는 레스토랑 전경이 그들의 눈에 들어왔다.

몇 테이블 없는 손님들 중 신수호를 발견하는 건 어렵지 않았다.

신수호는 선글라스를 쓴 여자과 즐겁게 식사를 하고 있었다.

선글라스를 쓴 여자는 평범하게 옷을 입었지만 한눈에 보기에도 눈에 띄는 미녀였다.

이다혜는 방금까지 환하게 웃던 것이 거짓이었던 것처럼 딱딱하게 굳어진 얼굴로 그 장면을 바라보고 있다.

"내가……."

한경수가 분노한 얼굴로 테이블을 박차고 일어났지만 이다혜의 손에 잡혀 다음 행동을 하지 못한다.

"…수호는 방학 동안 회사 일을 배우고 있어. 오늘 중요한 손님과 만난다고… 했어. 그러니 일단 조용히 있자. 내가 나중에 물어볼게."

당사자인 이다혜가 이렇게 말을 하니 한경수는 어쩔 수가 없었다. 하지만 화가 났는지 앞에 있는 술을 벌컥거리며 마신다.

이다혜가 보는 신수호는 오늘의 자신처럼 즐거워 보였다.

그를 처음 만나게 된 순간이 기억났다. 수줍어하는 얼굴로 말도 제대로 못하는 모습.

박무찬과 상반된 그런 행동에 그와 사귀기로 결정했는지도 모른다.

"저, 저……. 윽! 왜 찔러?"

노해윤이 신수호를 보고 뭔가를 말하려는 순간 박무찬이 그녀의 허리를 찌른 것이다.

"내가 갔다 올게. 너희는 술 마시고 있어."

이다혜는 테이블에서 일어난다. 물어보고 자시고 할 것도 없었다.

식사를 마친 두 사람은 다정한 연인처럼 팔짱을 끼고 레스토랑을 나가고 있었기 때문이다.

울음이 나올 것만 같았다. 하지만 이다혜는 이를 악물고 두 사람을 천천히 뒤따른다.

그녀는 신수호가 식사만 한 채 밖으로 나가길 바랐다. 하지만 두 사람은 엘리베이터를 타고 룸으로 올라간다.

'8층.'

때마침 도착한 다른 엘리베이터를 타고 8층으로 올라갔다. 하지만 복도에는 이미 두 사람의 모습이 보이지 않았다.

'뭘 확인하려는 거니, 이다혜?'

그녀는 스스로에게 질문을 던지곤 다시 로비로 내려왔다. 그리고 잠시 레스토랑을 바라보다 밖으로 나와 택시를 탔다.

"어디로 모실까요?"

여성 기사가 밝은 목소리로 묻는다.

"…서울로… 가주세요."

말을 하다 눈물을 쏟을 뻔했다.

목소리도 가늘게 떨리고 있었다.

여성 기사는 그녀의 상태를 눈치챘는지 더 이상 묻지 않았고, 이다혜는 고개를 숙인 채 그저 차 바닥만 바라본다.

투둑! 투둑!

눈동자에 맺혔던 눈물이 바로 바닥으로 떨어진다. 이다혜는 소리를 죽이려 했지만 좁은 차 안에서 흐느낌은 금세 울려

퍼진다.

"비가 오려는지……. 에어컨 바람보다 바깥바람이 시원할 거예요."

여성 기사는 혼잣말을 중얼거리며 창문을 열었고, 이다혜의 흐느낌은 바람 소리에 휩쓸려 차 밖으로 날아가 버린다.

집에 도착한 이다혜는 대문 앞에서 들어가길 망설였다.

1박 2일 코스로 떠난 여행에서 빨리 돌아온 것보다 오는 내내 울어서 붉게 변한 눈이 문제였다.

'그러고 보니 여행 가방도 안 가져왔네. 애들한테 연락도 해야 하는데…….'

이다혜는 슬픔에서 어느 정도 벗어나자 순간적인 감정에 아무 말도 없이 서울로 올라온 자신을 탓하게 된다.

그렇다고 다시 내려갈 용기는 없었다.

경수에게 전화를 걸었다.

"나 집으로 왔어."

―갑자기 없어져서 한참 찾았어.

"걱정시켜서 미안. 너희끼리 재미있게 놀다가 와. 무찬이랑 해윤이에게도 미안하다고 얘기해 주고."

―신경 쓰지 마. 우린 괜찮으니까.

"응. 연락할게."

전화로 자신의 상태를 밝힌 이다혜는 크게 숨을 쉰 후 대문을 열고 들어갔다.

그리고 관상용 나무 옆에 둬 다른 사람들이 발견을 못했는지 오전에 놔뒀던 박스가 그 위치에 있었다.

발신자 없이 온 박스를 든 이다혜는 불안해졌다. 얼핏 어디선가 들은 바로는 박스를 열어선 안 된다고 말했지만 어느새 서서히 박스를 뜯고 있었다.

"……!"

십여 장이 넘는 사진이었다. 한 남자와 한 여자가 섹스를 하는 모습이 담긴.

남자는 분명 신수호였다. 여자는 얼굴이 모자이크가 처리되어 알 수는 없었지만 오늘 그가 함께 있던 여자가 분명했다.

그 여자와 사진 속 여자는 같은 귀걸이, 목걸이를 하고 있었다.

이다혜는 배신감에 몸을 떨었다. 특히 사진 옆에 찍혀 있는 날짜를 보니 회사일이 있어 바쁘다고 한 날짜와 일치했다.

또다시 눈물이 나오려 했다.

집으로 들어가려던 생각을 바꿔 대문을 나와 호텔로 향했다.

남자 때문에 부모님에게 걱정을 끼치는 건 박무찬 때 한 번으로 족했다.

"…흑! 어엉! …흐윽!"

침대에 누워 소리 높여 울었다. 전화기가 계속 울렸지만 신경 쓰지 못했다.

그렇게 한참을 울다가 지쳤을 때쯤 침대에서 일어난 이다혜는 창밖을 보며 생각에 잠긴다.

속 시원하게 울어서일까?

신수호와 이별을 생각함에도 더 이상 눈물이 나오지 않는다. 그리고 항상 실타래처럼 헝클어져 있던 머리가 말끔하게 정리가 되었다.

"차라리 잘된 건가……?"

알 수 없는 말을 중얼거리며 '피식' 웃음마저 짓는 이다혜였다. 호텔 방에 혼자 있는 자신이 청승맞다는 생각이 든 것이다.

시계를 보니 벌써 새벽 2시가 넘었다.

"많이도 했네."

한경수에게서 온 부재중 전화가 7통이었다. 그리고 박무찬에게 온 부재중 전화는 1통이었는데 10분 전쯤에 온 것이었다.

잠깐 생각에 잠겨 있던 이다혜는 박무찬에게 메시지를 보낸다.

―자니?

―아니. 괜찮아?

혹시나 싶어 보냈는데 메시지를 보내기가 무섭게 답장이 도착한다.

—이제 괜찮아. 애들은 다 자니?

—아마 그렇겠지? 흥이 깨져서 우리도 다 올라왔어.

—미안. 그럼 집이겠네?

—아니, 문 앞이야.

'설마?'

이다혜는 박무찬의 메시지에 문을 열어보았다. 복도엔 박무찬이 웃고 서 있었다.

"언제… 어떻게 알고 온 거야? 어서 들어와."

이다혜는 침대에 걸터앉았고 박무찬은 창가에 있는 작은 의자에 앉는다.

"걱정돼서 사람 좀 풀었어."

"사람을?"

"응. 네가 여기 있다는 얘기를 듣고 여기 도착하자마자 전화를 했는데 안 받더라. 그래서 자는 줄 알고 가려고 했는데 메시지가 온 거야."

"그랬구나."

"그건 그렇고 생각보다 멀쩡해서 다행이다."

"누구 덕분에 면역력이 생긴 거지."

"쩝, 그런 줄도 모르고 생고생했네."

"누구 덕분이라는 말은 제대로 듣기는 한 거니?"

이다혜는 신수호의 양다리 현장을 보고, 또한 그의 행위가 담긴 사진을 본 후 배신감에 눈물을 흘렸지만 덕분에 많은 것을 깨달았다.

그중 하나는 결코 신수호를 사랑한 적이 없다는 것이었다.

집안끼리 알음으로 소개를 받고, 동창임을 알고, 박무찬 때문에 아파하던 자신의 곁에서 헌신적이었기에 좋아한다고 착각을 하고 있었다.

하지만 헤어지겠다고 생각하는 순간, 그 사실을 알 수가 있었다.

가슴 아픔이 박무찬을 못 본다고 생각할 때와는 비교할 수 없을 만큼 미약했다.

"사진을 보낸 건 너지?"

"······."

이다혜는 박무찬의 생각을 읽기라도 하려는 듯 유심히 바라봤지만 가면처럼 움직임이 없었다.

"말하지 않아도 돼. 자전거를 타며 네가 했던 말의 의미를 알게 되었으니까. 미안해하지 않아도 돼. 네 덕분에 오늘 많은 걸 알게 되었으니까."

"그렇게 말해주니 고맙다."

"한데 왜 그렇게 수호를 싫어하는지는 알고 싶다. 수호 그리 나쁜 애가 아냐. 오늘 일 때문에 설득력은 없지만. 도대체 무슨 원한이… 가만······!"

그저 옛 애인이 다른 남자를 사귄다는 시기 어린 질투로 박무찬이 신수호를 싫어한다고 생각했었다.

그리고 오늘 일도 그 연장선상으로 우연히 신수호의 양다리 현장을 보고 박무찬이 일을 꾸민 거라 생각했다.

하지만 묻다 보니 머릿속에 번쩍하고 떠오르는 생각이 있었다.

동창회 때 박무찬과 신수호의 만남부터 학교에서 만났을 때까지의 그들의 행동과 말들이 연결되며 하나의 가설로 모아졌다.

해답은 이미 오래전에 박무찬이 얘기를 해줬었다.

"서, 설마……!"

이다혜는 손으로 입을 막으며 자신이 떠오른 가설이 거짓이길 바랐다.

그러나 딱딱하게 굳어지는 박무찬의 얼굴에서 가설은 사실로 바뀌었다.

그리고 그 사실은 또 하나의 가설을 낳는다.

"나, 나 때문인 거야……? 흑!"

하루 종일 울어 말라버렸다고 생각했던 눈물이 다시 방울방울 떨어져 얼굴을 적신다.

이다혜의 흐릿해진 눈으로 박무찬이 다가옴이 느껴졌다. 그리고 따뜻한 품이 그녀를 감싼다.

"다혜가 오늘 정말 힘들었나 보다. 엉뚱한 상상으로 힘들어하지 마. 그리고 설령 그렇다고 해도 네 잘못이 아냐. 괴롭힘에 대한 반작용이었겠지."

"저, 정말?"

"당연하지. 천하의 이다혜가 찌질한 신수호를 사귀는 게 마음에 들지 않았을 뿐이야. 내 말 믿지?"

"응……."

박무찬의 말에는 알 수 없는 힘이 있었다.

이다혜는 그의 말이 고개를 끄덕이며 대답했다. 그리고 그의 말을 들을수록 머릿속을 채우던 나쁜 생각은 서서히 사라져 갔다.

"아까 많은 걸 알게 되었다고 했잖아. 기억나?"

"그래."

몽롱하던 정신이 깬 순간 박무찬의 품에 있다는 걸 알게 된 이다혜는 조심스럽게 얘기를 꺼낸다.

"그중 하나를 확인하고 싶은데 괜찮을까?"

"나쁜 게 아니라면……."

이다혜는 대답을 기다리지 않고 용기를 내 박무찬에게 입을 맞췄다.

순간 당황하던 박무찬은 입을 맞춘 채 굳어 있던 이다혜를 받아들인다.

예전에 과거의 박무찬을 사랑했을 뿐이라고 말했지만 그건 사실이 아니라고 오늘 그녀의 마음이 말했다.

이다혜는 그 마음을 확인하고자 했다.

둘은 서서히 하나가 되어간다.

밤새 박무찬의 품에 안겨 있던 이다혜는 침대에서 조심스럽게 일어나 여기저기 흩어져 있던 옷을 찾아 입었다.

그리고 여전히 자고 있는 박무찬을 잠시 바라보다 그의 볼에 뽀뽀를 하고 나지막이 속삭인다.

"사랑해, 찬아."

확인은 끝이 났다. 하지만 이다혜는 마음속에 감추기로 마음을 먹었다.

박무찬과의 사랑을 잊으려 하지 않을 것이다. 잊으려는 노력이 더 애달프게 만든다는 걸 그녀는 이미 알고 있었다.

그저 사랑이 추억으로 바뀔 때까지 아름답게 기억할 생각이었다.

마지막으로 다시 한 번 박무찬을 보고 조용히 문을 닫는다.

3장

심장이 뛴다

　나유라와 즐거운 주말을 보낸 신수호는 백화점을 들러 이다혜에게 줄 선물을 샀다.

　통화 목소리가 낮게 깔려 있는 것이 약간 마음에 걸린다.

　하지만 신세호의 결혼식 일로 자신이 처음으로 화를 낸 후 이다혜는 완전히 달라졌다. 요즘 자신의 말이라면 두말하지 않고 따라주는 그녀였기에 기분을 풀 자신이 있었다.

　"여자는 남자 하기 나름이라더니……."

　그의 아버지가 해주던 충고는 정확했다.

　오늘도 이다혜가 싫은 기색을 보이면 충고대로 화를 낼 생각이었다.

"늦어서 미안. 주말 내내 일을 했는데도 놔줄 생각을 안 하시네."

카페에 들어가 먼저 와 기다리는 이다혜에게 변명을 늘어놓으며 자리에 앉았다. 하지만 이다혜는 이렇다 할 반응 없이 창밖을 보고 있다.

"이건 미안함의 선물. 너한테 잘 어울…"

"수호야, 우리 헤어지자."

"뭐, 뭐라고?"

선물을 테이블로 내려놓은 동작 그대로 굳은 채 신수호는 소리쳤다.

"토요일 날, 강원도로 가기로 했던 계획이 비가 와서 춘천으로 바뀌었어."

"……!"

"중도 앞에 있는 호텔에 머물게 되었는데 그곳에서 널 봤어."

"그건……."

"여자 예쁘더라. 그 여자랑 잘해봐. 난 이만할래."

"다, 다혜야!"

툭!

신수호는 빠르게 머리를 굴리며 핑계를 대려 했지만 이다혜가 테이블에 던지는 몇 장의 사진에 머리가 백지처럼 비어버린다.

나유라와 자신이 섹스를 하는 장면이 적나라하게 드러나 있는 사진이었다.

"내가 너에게 잘해주지 못했으니 탓하지 않을게. 대신 조용히 끝내자."

이다혜는 단 한 번도 눈을 마주치지 않고 냉정히 일어나 밖으로 나가려 했다.

"다혜야, 내 말 좀 들어봐! 벼, 변명이라도……."

"미안합니다만 아가씨께서는 얘기하기 싫다고 하시는군요."

급한 마음에 그녀를 잡으려 했지만 앞을 가로막는 경호원 때문에 접근조차 할 수 없었다.

"다혜야! 다혜야! 내 말 좀 들어줘!"

아무리 외쳐 봐야 소용이 없었다.

신수호는 경호원들과 사라지는 이다혜를 멍하니 바라볼 수밖에 없었다.

"어떻게……."

자리에 털썩 앉아 선물과 사진이 덩그러니 놓인 테이블 바라본다.

평소 똑똑하다는 그의 머리는 멈춘 듯 아무런 생각이 나지 않았다.

하지만 시간이 흐르면서 현 상황이 정리되기 시작했다. 그리고 부글부글 분노가 끓어오르기 시작한다.

스마트폰을 꺼내 나유라에게 전화를 걸었다.

"나야, 당장 만나!"

—지금 만날 기분 아냐! 생각할 시간 좀 줄래?

신수호는 어이가 없었다.

잘못한 년이 도리어 성낸다더니 그가 생각하기엔 딱 그 짝이었다.

자신은 섹스 장면을 찍은 적이 없었기에 나유라가 찍은 것이 분명했다.

"무슨 생각! 평소 만나던 그곳으로 당장 나와! 아님 어떻게 될지 두고 봐!"

대답을 듣지 않고 전화를 끊었다.

그리고 사진과 선물을 챙겨 그녀의 소속사 근처에 얻어놓은 아파트로 향한다.

신수호는 자신이 처한 상황을 곰곰이 생각해 본다. 아무런 이유 없이 일이 발생한다는 걸 믿지 않는 그였다.

"박무찬! 이 씹어 먹어도 시원찮은 새끼!"

결론은 박무찬과 나유라의 작전에 자신이 걸렸다는 것이다.

손톱을 질겅질겅 씹으며 나유라가 오기를 기다린다. 어떻게 해야 할지 딱히 계획은 없었지만 협박이라도 해서 자신이 당했다는 걸 증명해 내야 했다. 그래야 최소한 이다혜를 설득시킬 수 있다고 생각했다.

삐리리링~

'왔다! 강하게 나가야 해.'

전자 자물쇠가 열리는 소리에 마음을 다잡는다.

들어오는 나유라의 얼굴은 딱딱하게 굳어 있었고, 아무 말 없이 신수호의 맞은편에 앉는다.

두 사람 사이는 무거운 공기가 흘렀고, 그 흐름을 먼저 깬 건 나유라였다.

"무슨 일로 이렇게 급하게 보자고 한 거야?"

"그걸 몰라서 묻는 거야?"

"몰라! 그리고 그딴 식으로 말하지 마. 내 기분도 엉망이니까."

"하~!"

신수호는 화가 머리끝까지 솟았지만 꾹 참으며 말을 잇는다.

"박무찬 그 새끼하고 무슨 관계야?"

"박무찬? 그 사람은 도대체 누구야? 협박범이야?"

"모른 척하는 거냐? 내가 바보 멍청이로 보이냐?"

"휴~ 자꾸 말 돌리지 말고 똑바로 말해줄래? 나 지금 미치기 일보 직전이거든. 어떤 거지같은 새끼가 너랑 관계 맺는 사진을 보내놓고 3억을 내놓으래. 소속사에선 당장 계약 해지하겠다고 지랄이고. 나도 지금 무지 참고 있거든."

신수호는 나유라의 말과 태도에 머릿속이 급격히 헝클어

지기 시작했다.

거짓말이라기에는 나유라는 정말 화가 나 있었다.

신수호는 사진을 꺼내 나유라에게 보여주며 말했다.

"이것 봐. 넌 모자이크처리 되어 있고 내 얼굴은 나와 있잖아. 이 사진이 누구한테 전달됐는지 알아? 내 여자 친구인……."

"이것도 봐!"

나유라가 꺼낸 사진은 반대로 신수호의 얼굴은 모자이크가 되어 있었고, 나유라는 적나라하게 알몸을 드러내고 있었다.

"너, 협박 메일 받은 적 있어, 없어?"

"……."

생각해 보니 며칠 전 협박 메일을 받은 적 있었다.

당연히 '메일 피싱'이라고 생각하고 읽지도 않고 지워 버렸다.

"바보! 설마 그 메일을 무시했단 말이야? 도대체 무슨 일을 이렇게 만드는 거야! 네가 아무런 조치를 취하지 않으니 나에게 협박을 한 거잖아?"

"난 당연히 사기라고 생각하고……."

"하여간 남자 새끼들 즐길 줄만 알았지……. 내가 너한테 돈을 바란 적 있니, 선물을 달라고 한 적 있니? 이런 일이 발생했으면 최소한 처리는 해줘야 하는 거 아냐? 그것도 아니라면 나에게 한마디라도 해줘야 하는 거 아냐?"

나유라는 쉴 새 없이 신수호를 몰아붙였고 그는 어리둥절한 표정으로 그대로 당할 수밖에 없었다.

'내가 잘못 생각한 건가?'

박무찬과 나유라가 한편이라고 확신을 했지만 그 확신은 빠르게 사라졌고, 머리는 아까보다 더욱 혼란스러워졌다.

그러나 아직 풀리지 않은 의문이 한 가지가 더 있었다.

"사진이 찍힌 장소를 봐. 이건 이곳에서 찍힌 거라고!"

"그래. 나도 그 생각했어. 그래서 이 기계를 빌려 왔어."

나유라는 공항에서 사용하는 몸수색 장비처럼 생긴 막대를 꺼내더니 집 구석구석을 돌아다니며 탐색을 한다.

삐삐삐삐! 삐삐삐삐! 삐삐삐삐!

거실, 침실, 부엌 등 모든 곳에서 비프 음이 울리자 나유라의 얼굴은 새파랗게 질린다.

그리고 분노한 얼굴로 탐색기를 신수호에게 던졌다.

"이 병신 같은 새끼야! 집을 구했으면 기본적으로 간단한 테스트라도 해야 하는 거 아냐? 이 지경이 될 때까지 넌 뭐 한 거야!"

간신히 탐색기를 피한 신수호.

하지만 그게 끝이 아니었다. 나유라는 미친년처럼 손에 집히는 것을 마구잡이로 던지기 시작했다.

"지, 진정해."

"너 같으면 진정하게 생겼니! 고생해서 배우가 되었는데 너 때문에 다 망치게 됐잖아. 어떤 새끼인지 당장 잡아 죽여 버려!"

검은색 눈물을 흘리며 악다구니를 쓰는 나유라를 피해 결국 아파트를 뛰쳐나와야 했다.

나유라는 반쯤 미쳤는지 때려 부수는 소리가 엘리베이터 앞까지 들렸다.

아파트 단지를 벗어난 신수호는 박무찬이 있는 정진증권 압구정 지점으로 차를 몰았다.

가만히 있으면 미쳐 버릴 것 같았다.

"니가 여긴 웬일이냐? 우리가 학교 밖에서 만날 정도로 친한 사이였나?"

한쪽 입꼬리를 올리고 건방지게 말하는 폼에 당장 주먹이라도 날리고 싶었다. 그러나 많은 사람이 있는 곳이라 속으로 삼켜야 했다.

"조용한 데 가서 얘기 좀 할까?"

"그러지, 뭐. 옥상으로 가자. 쫄지 마, 학교 옥상이 아니니까. 하하하!"

꽉 쥔 주먹이 부들거렸지만 이를 악물며 박무찬을 따라 옥상으로 올라간다.

"할 얘기 있으면 해봐."

"네 짓이지! 그런 비열한 짓을 할 놈은 너밖에 없어."

옥상엔 둘을 제외하곤 아무도 없었다. 그래서 신수호는 다짜고짜 물었다.

"무슨 짓을 말하는 거야? 똑바로 말해."

"시치미 떼지 마!"

"하하! 시치미를 떼는 게 아냐. 흥분하는 걸 보니 다혜에게 사진을 보낸 걸 말하는 모양인데… 맞아, 내가 했어."

"이 개새끼!"

─퍽!

신수호는 참지 못하고 주먹을 날렸다. 하지만 쓰러진 건 오히려 신수호였다.

"신수호, 많이 컸다. 예전에 내 얼굴을 쳐다보지도 못하더니 주먹을 날려?"

웃음을 띤 채 발로 툭툭 걸어차는 박무찬을 보면서도 신수호는 어떻게 할 방법이 없었다. 맞은 곳이 너무 아파 비명조차 나오지 않았다.

"하긴, 그 계집애랑 떡치는 모습을 보니 대단은 하더라. 포르노 스타가 따로 없던데?"

"이익……!"

모멸적인 말에 이를 악물고 일어나려고 했지만 몸에 힘이 풀려 일어설 수가 없었다.

"다혜가 그 사진을 봤으면 헤어지자고 했을 테고, 그 계집애에게도 보냈으니 지금쯤 난리가 났겠네. 그것 때문에 날 찾아온 거야?"

"사, 사내새끼가 비열하게 그딴 짓이나 하고……."

"하하하! 왜 사내라면 살인청부업자에게 죄 없는 고등학생을 죽여달라고 해야 하나?"

"…무, 무슨……?"

신수호는 하마터면 '어떻게 알았냐?'고 되물을 뻔했다. 지금 상황이라면 박무찬에게 죽을 지도 몰랐기에 무조건 모르쇠로 나가는 게 최고였다.

"한 가지만 묻자. 난 널 괴롭힌 기억이 없어. 한데 왜 날 죽여 달라고 한 거지? 다혜 때문인가?"

"나, 난 모르는 일이야!"

"진실을 말해도 좋아. 지금은 절대 죽이지 않을게. 죽이려 했다면 동창회에서 널 처음 만났을 때 갈가리 찢어버렸을 거야."

"난 네 실종 사건과 아무 관련이 없어!"

"크크크크! 그렇게 나올 줄 알았다. 근데 네가 삼촌이라 부르던 정찬구가 자살한 거라 생각해? 그리고 홍두파의 홍두가 우연히 부하들에게 살해당했다고 생각하는 거야?"

"무슨 말을 하고 싶은 거야……?"

"순진하구나, 신수호. 그건 내가 한 거야."

"……!"

신수호는 입을 벌린 채 아무 말도 하지 못했다.

놈은 모든 걸 알고 있었다.

그럼에도 불구하고 지금까지 모른 척하고 있었던 것이다.

박무찬의 비웃는 얼굴이 무서워졌다. 그리고 그의 눈에 불길이 이는 것이 보였다.

분노에 눈이 어두워 아가리를 벌리고 기다리는 놈에게 스스로 찾아온 자신을 탓했지만 이미 늦은 후회였다.

하지만 죽음을 생각하자 오기가 생겼다.

"그래, 내가 사주했다, 이 바퀴벌레 같은 새끼야! 그래서 날 죽이겠다고? 죽여봐! 죽여보라고, 이 개자식아!"

"어떻게 너같이 머리 나쁜 놈이 대한대학교에 들어왔는지 모르겠다. 말했잖아, 죽이지 않겠다고. 그런데 너한테 욕을 듣는 건 참기가 힘들다."

박무찬이 자신의 몸 몇 군데를 꾹꾹 지르는 게 느껴졌다.

뭐하는 짓인가 싶어 물어보려고 했지만 밀려오는 고통에 그럴 수가 없었다.

"으아아……."

비명을 질렀지만 입 주위가 따끔하며 아무리 비명을 질러도 말이 나오지 않는다.

"시끄러워. 9분만 버텨봐. 내가 겪었던 지옥을 아주 약간 느낄 수 있을 거야."

박무찬이 뭐라고 중얼거리곤 있었지만 아무 말도 들리지 않았다.

기절하고 싶었지만 고통을 느끼는 정신은 갈수록 또렷해졌다.

죽고 싶었지만 혀를 깨물 힘이 없었다.

시간이 흐를수록 고통은 배가 되었다. 9분은 일생을 몇 번산 것처럼 길었다.

그리고 마침내 고통이 끝이 났다. 하지만 더 끔찍한 얘기를 들어야 했다.

"오늘 옥상에 올라오는 사람이 없네. 올 때까지 반복해 보자."

'안 돼! 제발, 차라리 죽여줘! 박무찬 이 개새끼이이이이이~!'

지옥의 9분은 다시 시작되었다.

몇 번이나 반복되었을까? 모든 걸 포기했을 때쯤 다시 지옥의 사자와 같은 박무찬의 목소리가 들려온다.

"많이 아프지? 내가 제안 하나 할게. 내가 지금부터 하는 말을 들어주면 고통은 더 이상 없을 거야. 간단한 일이야. 그저 나중에 내가 원할 때 내 이름을 한 번만 불러주면 돼. 그리고……"

달콤한 유혹이었다.

별로 어려운 일도 아니었다.

괜한 오기에 거절하고 싶었지만 온몸이 기억하는 고통에 저항할 힘이 없었다.

결국 신수호는 악마에게 고개를 끄덕였다.

그것이 그의 옥상에서의 마지막 기억이었다.

신수호가 정신을 차린 곳은 자신의 차 안이었다.

그리고 점차적으로 머릿속에 떠오르는 생각에 얼굴은 갈수록 새하얗게 변했다.

"박무찬은 내가 살인을 교사했다는 걸 알고 있었어!"

그것도 문제였지만 방학 동안 박무찬을 죽이기로 한 홍두파가 자신을 배신했다.

그래서 박무찬은 자신이 살인을 교사한 내용이 담긴 음성 파일도 가지고 있었다.

"이, 일단 피해야 해."

그의 머리에 가장 먼저 떠오른 건 빨리 한국을 떠나라는 것이었다.

재빨리 시동을 건 신수호는 부모님이 계신 집으로 향한다.

*   *   *

한태국과 황선동은 3주차가 다 돼서야 100억은 허상에 가까운 돈이라는 걸 깨달았다.

물론, 나와 내 말을 무조건적으로 따르는 해윤, 김기덕 팀장이 화성건설에 투자하여 번 이익금을 본 영향도 있었다.

여전히 신중하긴 했지만 회의는 대부분 오전 중으로 끝이 났고, 덕분에 난 자유 시간을 더 가지게 되었다.

"전 일이 있어서 이대로 퇴근할게요."

점심 식사 후 후식으로 커피를 마시며 말했다.

"한 며칠 얌전하다 했다. 어딜 가려고?"

"내가 갈 곳이 어디 있어, 집이지."

"그럼 나도 퇴근할래. 그래도 괜찮죠, 팀장니~임."

"하하하! 물론이지. 데이트 즐겁게들 하라고. 그럼 우린 들어가지."

김기덕과 두 선배는 손까지 흔들며 회사로 가버린다.

"가자!"

팔짱을 끼며 당기는 해윤의 힘은 나를 끌고 가기 충분했다.

"마트에 들러서 맛있는 거 사자. 저녁엔 우니랑 삼겹살 파티도 하고."

"이 더운 날 무슨……."

"땀도 흘리지 않으면서, 잔말 말고 따라오서."

대형 마트엔 더위를 피해 들어온 사람들로 가득했다. 다행이도 입구와 푸드 코트만 북적였고, 마트 자체에는 많지 않았다.

"맛있는 한우예요. 새댁, 맛보고 한번 사봐요. 옆에 있는 신랑이 좋아할 거예요."

"헤~ 맛있네요. 두 근만 주세요. 근데, 저희가 신혼처럼 보여요?"

"딱 봐도 신혼이네. 신랑은 좋겠어. 이렇게 어린 신부를 얻고 말이야."

영업하는 아주머니의 말에 해윤은 좋아 죽으려 한다.

"영업 멘트거든."

"알거든. 그런데 기분이 좋은 걸 어떻게 해."

가는 곳마다 아주머니들은 해윤의 귀에 맞는 말을 쏟아냈고, 카트에는 각종 먹을거리로 가득차기 시작했다.

물론, 정장을 입은 우리 둘의 모습은 오해받기 좋았다. 내가 거울로 봐도 신혼부부가 같이 시장 보러 온 모습이었다.

그리고 노해윤이란 꽃은 서서히 피어나고 있었다. 다이어트에 성공하면서 젖살이 거의 빠졌고, 타고난 통통함은 어쩔 수 없었지만 전체적으로 가늘어지면서 글래머라는 표현이 좀 더 어울리게 되었다.

"그만 사라. 들고 가지도 못하겠다."

"괜찮아. 아저씨들한테 부탁할 거야. 어차피 집에 같이 들어갈 거 아냐?"

"니 말이 맞다."

이젠 경호원들이 없는 게 더 이상할 정도였다. 저녁도 같이 먹는 경우도 있었고, 심지어 영화도 같이 볼 때도 있었다.

나중에 잠잘 때도 옆에서 구경하는 거 아닌지 모르겠다.

시장을 보고 집에 도착하니 정원의 나무그늘 밑에서 리봉구와 우니가 시원한 음료수를 마시고 있다. 리봉구와 약속했던 대련은 일주일에 두 번이지만 거의 매일같이 드나들었기에 자주 보는 장면이었다.

"우니야, 안녕! 근데 누구셔?"

"하하하! 무찬이 애인이죠? 난 재일교포 3세인 이……."

"이봉구 씨야. 원래 이름은 이강민인데 봉구라는 이름이 한국적이라며 그렇게 불러달라더라."

"헤헤! 성격 특이하시네요. 안녕하세요. 노해윤이에요."

내 말에 인상이 구겨지고 해윤의 말에 무너지는 리봉구였다.

경호원들까지 모두 인사를 마치고 리봉구와 나는 지하실로 들어왔다. 평소라면 정원에서 했겠지만 오늘 어쩔 수가 없었다.

"집 안에 이런 곳을 만들어두다니 멋지네. 나도 이런 곳이 있으면……."

"그냥 헬스장에 다녀요."

"단검을 들고 훈련을 해야 하는데 어떻게 헬스장에서 해? 집은 너무 좁고."

참 뻔뻔스런 인물이다.

근처에 오피스텔을 구해줬음에도 우니와 얘기를 나눈다는 핑계로 우리 집에서 지내다시피 하는 걸 알고 있는데 이제 내 수련장까지 노린다.

"어디 무인도라도 알아봐 줘요?"

"싫어! 혼자 있는 건 딱 질색이야. 그냥 지금으로 만족하지, 뭐."

"만족한다니 다행이네요. 그럼 걷기 수련이 얼마나 정확해졌는지 볼까요?"

"만족하지는 않는다고. 쳇!"

리봉구는 내가 들릴 정도로 중얼거리고는 천천히 걷기 시작했다.

무술에 일가견이 있어서인지 이미 걷기 수련의 기본은 완성한 상태였다.

머리에 있는 백회혈과 다리에 있는 용천혈로 천천히 기를 흡수해 몸에서 원모양으로 소주천을 한다.

다만 내부의 기운을 완전히 단전으로 모으지 못했는데 그건 시간이 해결할 것이다.

원래 리봉구에게 걷기 수련을 가르쳐 줄 생각은 전혀 없었다.

하지만 최근 기억의 소멸이 4시간이 넘어서면서 내공의 증가량에 따라 1분씩 늘어나던 시간이 2배, 4배, 8배로 늘어나 보다 근본적인 해결책이 필요했다.

그래서 리봉구를 실험자로 선택한 것이다.

"됐어요. 이제부터 혼자서 해도 되겠어요. 시간이 날 때마다 걷기 수련을 하세요. 이상이 생기면 내게 말해주고요."

"이 걷기 수련 대단해. 아랫배가 묵직해지면서 예전보다 훨씬 빨라진 것 같아. 그리고 웬만한 담장은 도움닫기 없이 넘을 수 있더라고. 무, 물론 너희 집 담은 아직 못 넘어."

지금이라도 단전을 파괴해야 하는 거 아닐까 하는 생각이 든다. 하지만 최면이 여전히 유효하니 넘어가기로 했다.

"근데 이상이라니? 혹시 몸이 마비되거나 피를 토하면서 죽는 그런 '이상' 말이야?"

"수련만 제대로 하면 이상 없어요."

"진짜?"

의심의 눈길로 바라보는 리봉구. 난 말을 돌렸다.

"자, 이제 대련을 해볼까요? 빨라졌다니 나도 단검을 들어야겠네요."

"싫어. 아직도 그때의 상처가 욱신거려."

하여간 제 몸은 끔찍이도 위하는 인간이다. 재빨리 말을 돌린 효과가 있었는지 더 이상 이상증상에 대한 말은 묻지 않는다.

휘이이이익! 휙! 휘이익!

확실히 빨라지고 날카로워졌다.

내공을 자연스럽게 단검에 사용하는 단계에 이르기엔 다소 거리가 있었지만 수많은 격전을 거친 전사답게 몸 구석구석이 찌릿거린다.

내가 수련시켜 준다는 명목이었지만 나에게도 충분한 수

련이 되었다.

잠자고 있던 섬에서 익혔던 감각들이 서서히 깨어난다.

검지와 중지를 펴고 엄지를 그곳에 대면 마치 새부리 모양이 된다.

혈도를 짚을 때도 좋지만 상대의 팔을 걸거나 비틀 때도 효과적이다.

"한 방만 맞아라!"

줄기차게 살기를 내뿜으며 공격해 오는 리봉구는 서서히 내공이 떨어지고 있었고, 그에 비례해 뜨거워진 실내 공기에 땀을 비 오듯이 흘린다.

목의 경동맥을 향해 날아오는 단검을 쥔 팔목 뼈를 쿡 찔렀다.

챙그랑!

"큭! 자, 잠깐만… 켁! 큭! 욱! 힉!"

단검을 떨어뜨린 리봉구는 다시 도망가려 했지만 뒤에 걸어둔 발에 걸려 넘어졌고, 난 닭이 바닥에 있는 먹이를 쪼듯 온몸 구석구석을 콕콕 찔렀다.

"크아아악! 졌다, 졌어!"

리봉구가 나머지 단검을 손에서 놓고 손을 들고 나서야 내 공격은 멈췄다.

"나쁜 놈! 넘어졌으면 그만해야지 꼭 졌다는 얘기를 들어야 속이 시원하냐? 아이고, 아파라!"

"막혀 있는 부분을 자극해 준 거예요. 그곳들이 뚫리면 지금보다 더 오래, 더 빠르게 공격이 가능해요. 고마워하라고요."

"그, 그러냐? 우씨! 그래도 너무 아프잖아."

그러고 보니 나도 모르게 클로버가 나에게 했던 행동을 리봉구에게 그대로 하고 있었다.

당시엔 그저 놀리는 줄 알았는데…….

클로버는 날 강하게 만들려고 했던 건가? 왜?

"무슨 생각해? 다 했으면 나가자고. 우니가 기다리겠다."

하지만 곧 머릿속에서 클로버에 대한 생각을 지워 버렸다.

어차피 이제는 만날 가능성은 거의 없는 사람이었다.

"참! 혹시 밤에 하는 일자리 없냐?"

"낮에는 뭐하고요?"

"그야……. 어쨌든 낮엔 안 돼."

리봉구가 우니랑 시간을 보내려고 한다는 걸 모르는 바는 아니다.

만일 우니가 조금이라도 싫은 기색을 보였다면 집에 출입을 못하게 했을 것이다.

"대리운전도 있고, 편의점이나 PC방 아르바이트 같은 것들도 있죠."

"나 같은 고급인력이 그런 일을 해야겠니? 왜 있잖아, 하룻밤 일하면 몇 달 그냥 놀 수 있는 일."

킬러라도 하고 싶다는 건가?

"힘없는 자들은 안 건드린다면서요. 생각이 바뀐 거라면 저 역시 생각을…"

"무슨 소리야. 그건 내 신념이야! 나쁜 놈들 있잖아, 이 세상에서 사라지는 게 훨씬 나은 놈들 있잖아. 꿩 먹고 알 먹는 일 아닌가?"

"그럼, 돈 버는 정의의 사도를 하고 싶다는 건가요?"

"정의의 사도는 아니지만 돈을 벌어야 하거든."

"왜요? 결혼이라도 하시려고요?"

"하하하하! 평범한 삶을 사는 게 꿈이었거든. 우… 사랑하는 사람과 아이 한 5명쯤 낳고 얼마나 좋아."

나쁘지 않은 생각이다. 나 역시 그런 꿈을 꾸니까.

천외천을 없애고 나면 가능할까?

모를 일이다.

"사랑하는 사람이 우니는 아니었으면 좋겠네요. 어쨌든 그런 일이 있는지 알아보죠."

"…고, 고마워."

리봉구와 거실로 나오니 시원한 에어컨이 먼저 반긴다.

우니와 해윤, 두 경호원은 소파에 기댄 채 책을 읽거나 TV를 보고 있다.

"뭐한다고 이제야 나온 거야?"

"봉구 씨와 수련 좀 했지."

"치, 무슨 수련을 4시간씩이나 하냐? 이제 저녁 준비해야 되니까 어디 가지 마."

"무찬이가 봉구 씨에게 무술을 배우는 거야?"

경호원 중 한 명이 수련이라는 말에 호기심이 생기는지 넌지시 물어온다.

"네. 옆에 있는 사람을 보호할 정도는 돼야죠."

"오! 아주 건전한 생각이네. 근데 어떤 무술? 합기도? 유도?"

"아뇨. 봉구 씨는 어릴 때부터 특공무술을 했어요. 그래서 그걸 배우고 있어요."

리봉구가 옆에서 어이없다는 표정으로 바라봤지만 무시했다.

"우리도 꽤 하는 편인데……. 언제 시간 날 때 한번 대련해봐요, 봉구 씨."

"그 이름은 다시 한 번 부르면… 더 친근해지겠네요. 그러지 말고 저녁 준비는 무찬이에게 맡기고 지금 간단히 하죠."

"그럼, 그래볼까요? 요즘 운동을 안 해서 실력이 나올까 모르겠네요."

어지간히 봉구라고 불리는 게 싫은 모양이다. 이를 뿌득뿌득 갈며 경호원들과 정원으로 나간다.

"무찬아, 어서 말려. 저러다 봉구 오빠 다치면 어쩌려고 그래?"

"우린 신경 쓰지 말고 저녁 준비나 하자."

"에이 나도 몰라. 우리는 안에서 준비할 테니까 무찬인 밖에서 고기 구울 준비나 해."

"알았어."

냉장고에서 고기를 꺼내 정원으로 나갔다.

"아욱! 아, 아!"

한 명의 경호원이 오른팔이 뒤로 꺾이고 목은 옆으로 비틀린 채 나지막이 비명을 지른다. 그의 왼손은 연신 리봉구의 팔을 치며 항복을 표한다.

"다, 다시 해볼까요?"

자존심이 상한 경호원은 아예 윗옷을 벗고 본격적으로 시작한다.

하지만 단 30초를 버티지 못하고 다시 아까와 비슷한 상황이 벌어진다.

"내가 나서지."

두 경호원 중 선배인 이가 굳은 얼굴로 리봉구와 붙는다.

이번엔 바비큐용 테이블이 설치가 되기도 전에 바닥에 눕는다.

"헐~ 봉구 오빠 실력이 저 정도야!"

야채와 국을 가지고 나오던 해윤은 리봉구에게 유린당하는 경호원들을 보더니 입을 다물지 못한다. 그리고 영화 같다며 테이블에 앉아 바라본다.

"쿡! 콜록콜록!"

불을 피우던 난 오버를 하며 기침을 했고, 한참 재미를 보던 리봉구는 내 쪽을 바라본다.

경호원들이 지키는 사람이 구경하고 있으니 적당히 하라는 신호였다.

눈치를 챘는지 경호원과 점점 호각을 이룬다.

치이이익! 치이이익! 치이익!

달궈진 불판에 고기를 올려놓자 맛있는 소리를 내며 익기 시작한다.

"저녁 드실 준비들 하세요!"

대련을 하던 이들도 밥 먹자는 소리에 멈췄고, 해윤은 후다닥 안으로 들어가 우니와 함께 여러 가지 재료들을 나른다.

그리고 본격적인 고기 파티가 시작되었다.

"한 잔씩 드세요."

고기에 빠지지 않는 게 술, 맥주, 소주, 와인까지 꽤 많은 술이 있었다.

경호원들에게도 술을 권했다. 하지만 직업 때문인지 손사래를 치며 거부한다.

"우리는 안 돼. 아가씨를 지켜야 해."

"참 걱정도 팔자요. 이곳엔……."

리봉구는 날 흘낏 쳐다보다 말을 잇는다.

"미국 SWAT팀이 와도 해윤이 머리카락 한 올도 만질 수 없을 테니 드슈"

"하하하! 실력만큼 입담도 강한 친굴세."

"걱정 말고 드세요. 실컷 먹고 술 깨고 들어가면 되니까
요."

"그, 그럴까?'

리봉구의 말에도 완강히 거부를 하던 경호원들은 해윤이
한마디 하자 눈치를 보다가 결국 술을 입에 댄다.

그게 시작이었다.

하나같이 술고래라 불릴 만한 이들은 빠르게 술을 없애갔
다. 해가 지고 달이 떴을 땐 다들 기분 좋게 웃고 있었다.

"우린 그만 마셔야겠다. 더 취하면 깨기가 힘들 것 같다."

"그럼, 안에 들어가서 좀 쉬세요. 해윤이가 간다고 할 때
깨워드릴게요."

"험! 그럼 실례."

두 경호원이 안으로 들어가고 좀 더 지속되던 술자리는 술
이 떨어지면서 끝이 났다.

"설거지는 내가 할게."

"헤헤! 내가 돕지."

우니와 헤프게 웃는 리봉구가 들어가자 정원에 나와 해윤
만 남았다.

"많이 마시던데 앉아서 좀 쉬어."

해윤을 앉혀 놓고 난 주변에 널려 있는 술병과 쓰레기들을

치웠다.

　의자에 눕다시피 한 채 빠르게 흐르는 비구름을 구경하던 해윤이 시선을 하늘에 둔 채 말을 꺼낸다.

　"혹시 다음 주 주말에 약속 있어?"

　"없어."

　"그럼 우리 여행 갈까? 둘이서만……."

　"둘이서? 경호원 없이?"

　난 잘못 들었다고 생각했다.

　경호원 없이 우니가 어디 가는 걸 노찬성 회장이 허락해 줄 사람이 아니었다.

　MT도 못 가게 하던 그였다.

　"응. 둘이서만."

　머릿속에 퍼뜩 떠오르는 것이 있었다.

　해윤이 날 정진증권에 굳이 출근을 시키려 했었는데 아마 노찬성 회장과 그 일로 모종의 계약을 한 게 아닐까 하는 생각이 들었다.

　"둘만의 여행이라… 그러자."

　난 허락을 받았는지 안 받았는지 묻지 않았다. 둘이 여행을 간다고 해윤과 잘 생각은 아직까지 없었다.

　"약속한 거다?"

　이 말을 끝으로 해윤은 빙긋이 웃을 뿐 아무 말도 하지 않고 하늘만 본다.

하지만 그녀의 심장이 평소보다 두 배나 빨리 뛰는 게 내 귀에는 들렸다.

그게 술 때문인지, 다음 주에 있을 무언가를 상상해서인지 모르겠다.

'도대체 무슨 상상을 하는 건지⋯⋯. 쩝!'

나도 하늘을 본다. 비구름이 빠르게 움직이고 있다.

해윤이의 심장이 빠르게 뛰는 게 하늘을 봐서인가?

내 심장도 빠르게 뛴다.

4장

가족

천안에서 발생한 몇 가지 사건으로 한동안 대한민국은 떠들썩했다.

천안지청장부터 대전지검장까지 줄줄이 옷을 벗었고, 경찰도 그 칼날에서 벗어나지 못했다.

또한 일반 경찰들도 줄줄이 검찰조사를 받고 직위해제되고 실형을 선고받은 이들이 속속 나왔다.

─씨발! 그래도 세상 정의는 살아 있나 보다.

한태국도 황선동의 차를 보고 산다는 말에 다시 만난 문준. 그날처럼 술에 잔뜩 취한 그는 그때와 달리 환하게 웃으며 말했다.

그리고 다시 세상은 조용해졌다.

한경수에게서 연락이 와 다혜가 유학 간다는 소식을 들었다.

한 번 찾아가 볼까 하다 그만두기로 했다. 나를 잊기로 했는데 굳이 가서 마음을 흔들 필요는 없었다.

그저 '나중에 웃는 얼굴로 보자' 는 문자를 보냈을 뿐이다.

간만에 정진증권 팀 회식 중이다.

다음 주부터 본격적으로 시작되는 휴가얘기가 주였는데 이미 둘만의 여행을 가기로 한 해윤은 듣기만 할 뿐이다.

"바다가 좋다니까. 태양 아래 펼쳐진 살색의 향연을 봐. ONS를 기대하는 젊은 청춘들이 들끓는 바다. 역시 휴가는 바다야."

"ONS가 뭐예요, 오빠?"

"그, 그게……."

황선동이 바다의 예찬론을 펼치다. 해윤을 신경 쓰지 않고 말했다가 김기덕 팀장의 눈총을 받는다.

"원 나잇 스탠드의 약자야."

"치! 하여간 남자들이란."

잠깐 중단되었던 대화는 해윤이 별 반응이 없자 다시 시작되었다.

이번엔 산을 옹호하는 태국이 형이었다.

"휴가하면 뭐니 뭐니 해도 산이지. 시원한 나무 그늘에서 자다가 계곡에 발 담그고 먹는 맥주는… 캬~ 아! 팀장님은 어디로 갈 생각이세요?"

"난 그냥 호텔에서 편히 쉬다가 올 생각이야."

"역시 팀장님이 진정한 프로시군요. 밤에 호텔 수영장에서 펼쳐지는 파티에 참석할 생각이시죠? 어디가 좋아요?"

"하하! 들켰네. 어디가 좋으냐 하면 말이야……."

세 사람의 태도를 보아하니 분명 올해 휴가는 호텔에서 보낼 게 분명해 보였다.

그때 가슴에 있는 VVIP클럽 회원들과 톡톡톡을 하는 스마트폰이 가볍게 떨린다.

"잠깐만요."

난 화장실을 가는 척하며 전화를 받았다. 하루였다.

"응. 이 시간에 웬일?"

―너 지민이 기억나?

지민인 동대문에서 중화회 사람들을 죽일 때 만났던 고등학생으로 하루에게 아르바이트를 부탁했는데 힘들다고 도망간 아이였다.

"알지. 근데 왜?"

―그 애 요즘 윤락행위를 한다더라.

"자세히 말해봐."

―클럽 아가씨들 관리하는 오빠들 중에 그 애 아르바이트

자리 구해준 오빠가 동대문에 놀러 갔다가 우연히 봤대.

우연은 개뿔. 술 마시러 간 김에 들렀다 본 거겠지.

어리다고 하지만 자신이 선택한 인생이다. 난 이미 기회를 줬었다.

하지만 약간의 망설임 끝에 위치를 물었다.

"어디야?"

─북창동 술집골목에 윔블던, 이름은 수윤이래. 유명한 곳이라 금방 찾을 수 있을 거야. 한데 갈 거야?

"글쎄, 모르겠어."

─알아서 잘하겠지만 후회는 남기지 마.

전화를 끊고 잠시 고민을 하다 자리로 돌아왔다.

술자리가 끝나고 해윤을 보낸 후 택시를 잡고 북창동으로 향했다.

하루 말처럼 유명한 곳인지 택시기사는 '좋겠다'라는 표정으로 문 앞까지 데려다 준다.

플레져 빌딩이 높게 솟아 있다면 윔블던은 3층 건물에 넓게 퍼져 있는 느낌이다. 그리고 입구는 두 사람이 지나가기에도 좁아 보이는 곳으로 2층을 향하게 되어 있었다.

"몇 분이서 오셨어요? 싸게 해드릴 테니 놀다 가세요."

"혼자 왔어요."

"혼자 오셨으면 기본 가격이 있는데 혹시 찾으시는 웨이터가……"

"상관없어요. 에릭."

나에게 말을 거는 남자의 명찰에 적힌 이름이었다. 나이가 꽤 있어 보이는 에릭은 2층에 있는 작은 룸으로 날 안내한다.

"아가씨는…"

"수윤이 불러주세요."

"수윤이라면… 지금 다른 방에 들어가 있을 텐데……."

"얼마나 걸릴지 알아봐 주세요. 그리고 나올 때까지 기다리죠."

"그럼 술 드시면서 노래라도 부르고 계세요. 제가 최대한 빨리 데려오겠습니다."

5만 원을 꺼내 에릭에게 건네자 기분 좋게 말하며 고개를 숙이고 나간다. 그리고 잠시 후 술을 테이블에 올려놓는다.

"40분 정도 걸릴 것 같은데 다른 아가씨랑 잠깐 얘기나 나누시죠. 팁만 조금 주시면 될 것 같은데요."

"그렇게 하죠."

딱히 기다리는 동안 할 일도 없다. 그저 여기 분위기도 알아볼 겸해서 에릭이 권하는 아가씨를 거부하지 않았다.

"안녕하세요."

딱히 예쁘지도 못나지도 않은 평범한 아가씨였다. 내 옆에 앉은 그녀는 놓여 있는 양주를 따고 나에게 따라준 후, 안주로 나온 오징어를 찢는다.

"이곳에서 일한 지 오래됐어요?"

"이 동네에선 1년쯤 됐어요."

"그 말은 여기 소속이 아니라는 말이네요?"

"특별한 경우는 아니고선 가게 소속 아가씨는 없어요. 대부분 보도 오빠들이 아가씨를 대는 거지. 그래서 바쁠 땐 이 가게, 저 가게 가리지 않고 다녀요."

보도방이라는 말은 들은 적이 있다. 보통 아가씨 몇 명을 데리고 다니면서 노래방이나 이런 단란주점에 아가씨를 대주는 이들이다.

그들은 관리비 명목으로 돈을 받거나 빚을 핑계로 갈취하는 행위를 서슴지 않았는데, 보도업자 중에는 10대 가출청소년을 이용하는 10대 청소년도 있다는 얘기를 들었다.

"혹시 수윤이라는 아가씨 알아요?"

"알아요. 저랑 몇 번 같은 방에 들어간 적 있어요. 근데 오빠, 이런 얘기 그만하자. 내가 노래 불러줄까?"

"솔직히 말하죠."

난 10만원을 꺼내 테이블 위에 올려놓으며 말을 이었다.

우니 때처럼 친척 오빠를 한 번 더 팔아야 했다.

"수윤이 그 애 친척 오빠예요. 이곳에 있다고 해서 찾으러 왔는데 대충이라도 사정을 알아야 해서 물어보는 거예요. 그저 아는 대로만 말해줘요."

잠깐 고민하던 아가씨는 담배를 꺼내 물며 입을 연다.

"그런 일이라면 그냥 경찰에 연락하는 게 좋아요."

"그런가요?"

"네. 수윤이가 있는 보도가 좀 독한 놈들이거든요."

"이 지역 조직폭력배와 연관이 있나요?"

"아뇨. 이곳을 관리하는 오빠들과는 관련이 없어요. 한데 제가 듣기론 도망간 아가씨 집까지 쫓아가 데려왔다더라고요. 네 명이서 열다섯 명인가 관리하는 놈들인데 독하기로 유명하거든요."

아가씨는 자기가 아는 얘기뿐 아니라 소문으로 떠도는 얘기까지 얘기해 준다.

"잘 들었어요. 마지막으로 하나만 더 물을게요. 혹시 수윤이 보도들과 문제가 생기면 여기 관리하는 이들은 어떻게 행동할까요?"

"알게 모르게 형, 동생 하는 사이들이에요. 간단한 문제라면 손을 잡겠지만 복잡하고 위험하다면 신경 쓰지 않을 거예요. 원래 의리라곤 없는 족속들이거든요."

마지막 말은 거의 들리지 않을 정도로 작았다.

"얘기 고마워요."

10만 원을 더 꺼내 20만 원을 건넸다. 내가 얻은 정보비로는 부족했지만 그녀는 기뻐하며 조용히 밖으로 나갔다.

인맥 중 학연은 사용하라고 만든 것이다. 문정배 검사에게 전화를 걸었다.

"선배님, 저 박무찬입니다. 늦은 시간에 죄송합니다."

─괜찮아. 골치 아픈 사건 때문에 오늘도 밤샘이다. 한데 무슨 일이냐?

"제 아는 고등학교 동생이 윤락행위를 하고 있어서요. 구하러 왔는데 아무래도 혼자서는 힘들 것 같아서요."

─얌마! 거기가 어디라고 혼자 가! 간이 배 밖으로 나왔구나. 어디냐?

문정배는 버럭 목소리를 높인다. 당장에라도 달려올 기세다.

"북창동 윔블던이에요. 한데 아직 동생과 얘기 전입니다. 이곳에서 벗어나길 원하지 않는다면 그냥 둘 생각이에요."

─그래서, 얘기 끝날 때까지 기다려 달라고? 미성년자 윤락행위는 중범죄야. 근데 원하지 않으면 그냥 놔두겠다고? 그게 현직 검사한테 할 말이냐?

"검사인 선배님에게 말씀드리는 건데요."

─웃기는 놈. 관할서에 연락해 둘게. 거기서 전화하면 받아서 얘기해라.

"감사합니다, 선배님. 한번 찾아뵐게요."

─그래. 올 때 빈손으로 와라. 들고 오면 뇌물죄로 집어넣을 거다.

"하하! 네."

"참, 너 송지훈 선배님과 아는 사이였냐? 얼마 전에 너 조사받은 일로 한바탕하고 가셨다.

"어, 삼촌이랑 아는 사이셨어요? 그리고 그 일에 대해선 말씀드린 적 없는데……."

─됐다. 나중에 보자.

그냥 전화를 끊는 문정배 검사.

나도 모르는 일이었다. 아마 우니에게 듣고 삼촌이 움직이지 않았나 싶다.

하지만 아는 사이라니…….

검찰이라는 곳이 이토록 좁은 곳인 줄은 몰랐다.

관할서의 연락은 전화를 끊은 지 3분이 되지 않아 왔다.

문정배 검사가 잘 얘기했는지 일단 내가 연락할 때까지 가만히 있기로 했다.

"늦어서 죄송합니다."

"안녕하……!"

에릭은 수윤, 지민을 데리고 들어오며 큰 소리로 사과를 한 후, 그녀를 놓고 밖으로 나간다.

그리고 인사를 하던 지민은 내 얼굴을 보고 눈이 두 배로 커진다.

"쇼핑중독 오빠?"

"오랜만이네. 가출중독, 아니 이젠 윤락소녀라고 불러야 하나?"

불과 1년도 되지 않는데 앳된 지민은 없었다. 속옷이 보일 정도로 짧은 원피스에 금발에 가까운 갈색 머리를 한 흔한

술집 아가씨가 되어 있었다.

날 보며 살짝 반가워하던 얼굴은 내 말에 이마에 주름을 잡으며 슬픈 얼굴로 바뀐다.

"…놀러 온 거… 군요. 안녕하세요, 수윤이에요. 간단히 신고식을 보여 드릴게요."

떨리는 목소리로 소개를 마친 지민은 떨리는 손으로 옷을 벗으려 했다.

"필요 없어. 그냥 맞은편에 앉아."

명령조에 가까운 내 말에 원망스러운 표정을 짓는 지민은 아무 말 없이 맞은편에 앉는다. 그리고 앞에 있는 양주를 들이켠다.

연거푸 세 잔을 마신 지민의 눈빛은 차갑게 가라앉는다.

"이 생활 재미있냐?"

"……."

"하긴 재미있으니까 하고 있는 거겠지."

"…놀리니 재미있냐? 이 나쁜 새끼야. 넌 며칠 전 온 새끼보다 더 나빠. 차라리 그 새끼처럼 위로하는 척하며 공짜로 해달라고 하지. 왜? 너도 공짜로 해줘?"

얌전히 듣고 있던 지민은 내 말에 열이 받았는지 마치 모든 잘못이 나에게 있는 것처럼 거침없이 말을 토해낸다.

"꼴값 떨지 마. 네가 선택한 인생이잖아."

"맞아. 내가 선택한 인생이야. 근데 왜 네까짓 게 날 힘들게 만드는데, 왜!"

"내가 힘들게 하는 게 아니라 지금 네 인생이 힘든 거겠지."

"그래, 힘들어. 그래서 나보고 어쩌라고!"

자리에서 벌떡 일어나 날 죽일 듯이 바라본다.

"집도 싫다, 힘든 일도 싫다, 이 일도 싫다, 그럼 어쩌자는 거야? 가진 거라곤 몸뚱이밖에 없는 네가 이렇게 될 줄 몰랐어?"

"몰랐어. 난 이렇게 될 줄 몰랐어! 난… 나는… 아닐 줄 알았어……."

나에 대한 분노는 자신에 대한 슬픔으로 바뀐다.

그리고 말을 하며 차오르던 눈물이 둑을 무너뜨리며 흘러내린다.

나이 들어 보이게 만들던 눈 화장은 색깔 있는 눈물이 되어 흐른다.

하지만 계속해서 솟구치는 눈물에 색깔은 사라지고 순수함만이 남는다.

"오빠랑 이곳에서 벗어날래?"

한참을 울던 지민은 예전에 알고 있던 그때로 돌아온 것 같았다.

그래서 몰아붙이기를 멈췄다.

"흑! 아, 안… 돼. 가족에게 알리겠다고 했단 말이야."

"절대 그런 일은 없을 거야."

"정말 독한 놈들이야. 그놈들은……."

긴 이야기가 시작되었다.

하루가 소개시켜 준 아르바이트를 그만둔 지민과 친구들은 다시 동대문으로 돌아왔다.

그리고 다시 남자를 유혹해 사기를 치는 행각을 계속했다.

그러다 보니 지금 보도방을 하는 네 명을 만나게 된 것이다.

평소와 같이 여관에 들어간 지민은 남자가 목욕을 하러 들어간 틈에 지갑을 들고 여관을 나왔다. 하지만 그 순간 나머지 일당에게 잡힌 것이다.

근처에 있는 친구들에게 도움을 청했지만 고압적이고 거친 행동에 도망가 버리고 혼자 남은 지민은 네 명에게 끌려가 성폭행을 당한다.

계속적인 성폭행과 협박에 결국 윤락을 선택하게 된 것이다.

"괜찮아. 좀 자고 있어. 내가 해결해 줄게."

울다 지쳐 쓰러질 것 같은 지민의 수혈을 찍어 잠을 재웠다.

그리고 에릭을 불러 내가 지민의 친척 오빠로 동생을 찾으러 왔다는 말을 전했다.

"하아~ 많이 곤란할 텐데……. 차라리 경찰을 데리고 오지 그랬어요."

화가 난 건지, 안쓰러운 건지, 귀찮은 건지, 복잡한 표정을 짓던 에릭은 결국 안쓰러움을 택하고 조용히 경찰 애기를 꺼낸다.

"이미 불렀어요."

"그, 그랬어요? 이거 이래저래 곤란하겠네요."

"문제를 크게 일으킬 생각은 없어요. 오직 보도업자 4명만으로 끝내고 싶네요. 그래서 에릭 씨가 여기 사장과 어깨들에게 상관 말라고 전해주셨으면 해요."

"휴~ 알았어요. 수윤이 보도에겐 어떻게 말할까요?"

"경찰 애기는 빼주시고 전해주세요. 제가 수윤이를 데리고 가고 싶어 한다고."

"그러죠."

"참 술값은 미리 계산할게요. 경찰이 들이닥치면 이래저래 복잡할 테니까요."

계산을 마치자 에릭은 밖으로 나간다. 그리고 잠시 후 방으로 누군가 뛰어 오는 게 느껴진다.

꽝!

"어떤 XX새끼가 아가씨를 데려 간다는 거야!"

20대 초반의 꽃무늬 티셔츠에 반바지를 입은 사내가 문을 박차고 들어온다.

"이런 개… 켁!"

들어오자마자 날 확인하고 다짜고짜 주먹을 휘두른다. 난 놈의 아랫배를 내공을 두른 손바닥으로 쳤고 놈은 그대로 앞으로 꼬꾸라진다.

"···크윽, 허어어어어~"

단전은 보이지 않는 몸의 그릇이다. 그리고 내공을 소유한 자만이 가진 전유물은 아니었다.

일반인들도 단전을 가지고 있는데 고수와의 차이점은 그 그릇의 크기와 내공이 얼마나 많은 양이 차 있느냐의 것뿐이다.

앞에서 꼬꾸라져 바닥을 기는 놈처럼 '기가 세다' 라고 표현되는 사람들은 일반인보다 아주 조금 더 기를 가지고 있다.

하지만 단전이 깨진다면 어떻게 될까?

일상생활이 불편할 정도로 힘이 없어진다.

숟가락은 들겠지만 구부릴 힘이 없고, 칼을 들어도 찌를 힘이 없다. 여자, 아니 초등학교 저학년 아이만큼의 힘밖에 내지 못하게 된다.

난 놈의 단전을 파괴했다.

"친구들에게 도움을 청해. 여기서 기다려 주지."

"으~ 이런 XX 개XX 새끼가……!"

물론 단전이 깨진다고 욕까지 못할 정도로 힘이 없는 건 아니었다.

짝! 짝!

귀싸대기를 가볍게 두 번 쳤다.

모욕감을 주는 행위였다.

"안 할 거면 혼자 맞아. 그리고 욕하면 이빨 나간다. 아! 이빨은 짐승들에게 쓰는 단어지. 짐승보다 못한 너 같은 놈에겐 뭐하고 해야 하는 거지?"

"이 씨파… 크윽!"

세 번을 더 때리고 나서야 놈의 욕이 멈춘다. 내 눈빛에서 끝까지 갈 것임을 느낀 것이다.

세 친구를 부르는 놈은 이상한 은어를 같이 사용한다. 도대체 한국어가 맞는지 의심스러울 지경이다.

"일어나서 저쪽 구석에 가 있어."

발로 놈을 툭 차며 말했다.

무기를 들고 올 세 명에게 휩싸여 다칠 가능성이 있었다.

멀지 않은 곳에 있었는지 금세 달려온다.

"XX놈이 우리 친구를… 큭!"

기다릴 필요도 없었다.

무기를 하나씩 들고 온 놈들의 단전에 정확히 한 방씩 넣었다.

좁은 룸에 세 명이 차곡차곡 쌓인다.

단전이 깨지면 주둥아리도 어떻게 되는 모양인지 세 명이 지껄이는 욕에 정신이 없었다.

"시끄러워! 떠들 힘 있으면 경찰서에 가서 얘기해."

아까 통화했던 형사에게 전화를 걸었다. 그리고 자고 있던 지민을 깨웠다.

"너 XX년, 학교 갔다 온 다음에 보자!"

"너희 둘 다 평생 도망 다녀야 할 거야. 내 이름을 걸고 평생 쫓아다닌다."

"야이~ 개 같은 X! 가랑이를 찢어버린다, 두고 봐!"

바닥을 기면서도 아직까지 팔팔하다.

하지만 단전이 깨진 뒤 몸 안에 기가 사라진 다음에도 저렇게 나올 수 있을지 두고 볼 일이다.

쫘악! 쫘악! 쫘악!

일어나자마자 놈들이 지랄거리는 소리에 놀란 지민은 그 자리에서 웅크리고 바들바들 떤다.

그래서 모욕감을 주는 뺨이 아니라 실제로 강하게 후려쳤다.

그리고 그들만 들릴 정도의 거리에서 낮게 으르렁거렸다.

"좋게 말하니 내가 우습지? 내가 힘쓰면 너희들이 감옥에 가서 살아나올 수 있을 것 같아? 좋게 얘기할 때 입 닥치고 죗값 받아. 그리고 세상에 나오면 얌전히 살 생각해. 아니면 다음엔 정말 쥐도 새도 모르게 사라질 테니."

강한 살기로 네 놈을 옥죄었다.

단전이 사라졌지만 아직 몸에 남아 있던 기가 내 살기에 대항하며 급격히 소진되었고, 놈들의 기세 또한 사라져 간다.

"이놈들 왜 이러고 있어? 모두 수갑 채워!"

경찰들이 들이닥쳤다. 그들은 빠르게 네 놈에게 수갑을 채우고 끌고 간다.

"전화한 박무찬 씨?"

"네. 이 아이가 말씀드린 지민입니다."

"음, 많이 힘든가 보네요. 한데 증언이 필요한데……."

"협조할 거예요. 그렇지, 지민아? 이분들이 널 이곳에서 벗어나게 해줄 거야."

"오, 오빠가 옆에 있어줄 거지?"

"그래. 끝날 때까지 있을게."

놈들이 경찰에 잡혔다는 것에서 오는 안도감 때문인지 지민은 차츰 회복해 간다.

"금방 끝날 거예요. 그리고 같이 일했던 아가씨들도 조사를 해야 하니 확인 좀 부탁해요."

술집을 나갈 때까지 윔블던의 사장이나 어깨들은 코빼기도 보이지 않았다. 경찰차의 사이드미러로 멀어져 가는 윔블던의 입구엔 하나둘 웨이터들이 다시 영업을 시작한다.

*　　　*　　　*

경찰 조사를 끝낸 지민은 집이 아닌 가출청소년을 위한 쉼터로 가길 원했다.

난 쉼터에 그녀를 데려다주었고, 일자리가 필요하면 하루에게 연락하라고 말했다.

그리고 더 이상의 뒤처리는 없을 것임을 분명히 하고 집으로 돌아왔다.

새로운 한 주가 시작되고 우리 팀뿐만 아니라 압구정 지점 전체가 휴가 분위기로 들떠 있다.

특히, 해윤이가 가장 들떠있었는데 목소리가 한 키쯤 올라가 있었다.

"무찬이 있냐?"

압구정 지점의 PB(Private Banker) 중 가장 잘나간다는 남유식이었다.

우리 팀에 PB에 대해 설명할 때 몇 번 본적이 있어 편하게 말하는 사이었다.

"무슨 일이세요, 남 선배님?"

"나 좀 볼까?"

개인적으로 얘기한 적은 없었기에 약간 의아해하며 그를 따라 나섰다.

"너 은 여사님과 아는 사이었냐?"

"은 여사님요?"

머릿속으로 아는 은 씨를 뒤져보지만 여사라 불릴 만한 사람은 없었다.

하지만 남유식의 방에서 기다리고 있는 여자를 보자 누구인지 금세 알 수 있었다.

"오랜만이야."

"잘 지내셨어요? 은영이 누나랑 주방장님도 잘 지내시죠?"

Jardin의 여사장이었다.

남유식은 자리를 비켜줬고, 난 여사장의 맞은편에 앉았다.

"주방장은 잘 있어. 은영인 요즘 남자와 연애하기 바쁘고. 무찬인 그때와 완전히 달라졌는데?"

"그런가요? 좋은 방향이었으면 좋겠네요."

"호호! 칭찬이야. 그때는 거친 남자였는데 지금은 귀공자 같아."

"사장님은 더 젊어지셨네요."

의미 없는 대화가 한참 이어진다. 마치 먼저 목적을 묻는 사람이 지는 게임을 하는 것 같았다.

살짝 돌려서 물어본다.

"한데, 제가 여기서 일하는 걸 어찌 아셨어요?"

"남 PB에게 무찬이 여기서 일한다는 소리를 우연히 들었어. 그래서 얼굴이라도 한번 보고 싶어서 불러달라 부탁했어."

무난한 거짓말이다. 이런 일로 심력을 소모하기는 싫었다.

"그러셨구나. 그런데 어쩌죠, 회의 중에 나온 거라 곧 가봐야 하거든요."

"그래? 이거 미안하네. 그럼 다음에 한번 만날까?"

"하실 말씀 있으면 편하게 하세요."

결국 내가 한발 물러섰다. 목적을 이룰 때까지 여사장은 포기할 생각이 없어 보였다.

"요즘 증권가에 은밀히 한 가지 소문이 돌고 있어. 어떤 사람이 주식으로 수백억을 벌었다는 얘기야."

"그런 얘기야 저도 수없이 들었어요. 천만 원을 투자해 백억을 벌었다, 백만 원을 투자해 한 달 만에 일억을 벌었다. 그게 주식투자로 일반인들을 유혹하게 만들기 위한 증권사들의 마케팅의 일종이잖아요."

"호호! 그렇지. 한데 내가 말한 소문은 진짜야. 그건 무찬이도 알잖아."

여사장 말처럼 많이 벌긴 했다. 삼촌이 제발 비싼 차나 명품으로 도배를 해서라도 절세를 위해 소비를 하라고 할 정도로 말이다.

보아하니 여사장은 나에 대한 소문을 듣고 한 발 걸칠 생각으로 온 모양이다.

"소문이란 과장되기 마련이죠."

"아무래도 그렇지. 그래서 나름 알아봤더니 소문은 거짓이 없던데?"

"이거 참, 개인정보가 전혀 보호되지 않는다더니 사실인가 보네요."

다 알고 온 사람에게 시치미를 떼는 건 웃긴 일이다. 그리고 그리 숨길 일도 아니었다.

어차피 공식적으로 사용될 돈이었다.

"그래서 사장님이 하시고 싶은 말씀은……?"

"여윳돈이 있어서 투자를 부탁하고 싶다는 거지."

"글쎄요, 전 PB도 아니고 이곳에서 일하는 것도 이번 여름이 마지막이에요. 그리고 남의 돈으로 투자할 만큼 간이 크지도 않고요."

"당연한 거절인가?"

"제 비밀의 일부를 알고 계신 분의 부탁을 거절할 만큼 용기도 없어요."

사실 비밀이랄 것도 없다.

서미혜와의 관계는 신세호는 물론이고, 노찬성 회장마저 알고 있는 일이었다.

다만 적을 만들기 싫을 뿐이다.

"그럼?"

"정보를 드리죠. 투자는 알아서 하세요. 성공의 열매도 본인이, 실패의 아픔도 본인이 책임지는 게 제일 좋지 않겠어요?"

"나쁘지 않은 대답이네."

여사장은 꽤나 만족한 얼굴이다.

"받은 게 있으면 주는 게 있어야겠지? 그런 눈으로 보지마. 과거의 일로 협박하러 온 게 아니니까. 거절했다면 깨끗이 물러났을 테니까."

"의외라서……. 죄송해요."

"아니. 대부분 사람들이 내가 찾아가면 같은 반응이니까. 한데 타인의 비밀을 가진 사람이 지켜야 할 것이 있어."

"뭔데요?"

"그건 설령 내가 죽더라도 한 번 사용한 비밀은 묻어둬야 한다는 거야. 신뢰 없는 비밀은 무기이기도 하지만 언제든 날 해칠 수도 있거든."

난 그녀의 말에 고개를 끄덕였다.

나 역시도 다시 협박을 하면 가만두지 않을 거라 생각했으니까.

"홍산유통의 신세호가 대양건설을 노리고 있어."

"네?"

결혼하기 전에 사귄 일로 날 협박한 것이야 그렇다 해도 이번엔 대양건설까지 노린다니 황당한 일이었다.

"전혀 예상도 못한 일이었나 보네?"

"예상 범위가 아니니까요. 좀 황당한 인간이네요."

"내 생각에도 그래. 그런데 좀 이상한 소문이 돌고 있어."

"무슨 소문요?"

"부부관계가 안 좋다는 소문인데 그게 다 서미혜 탓이라는 얘기가 있어. 혹시 아는 거 있어?"

"아뇨. 연락 안 한 지 오래예요."

군이 말할 필요가 없는 얘기였다. 그리고 설마 음양교합법에 의해 바뀐 서미혜와 관계를 하다가 나에게 열이 받을 건가?

내가 생각해도 어이없는 상상이었지만 가능성이 없다고 완전히 배제할 순 없었다.

"어떤 식으로 노린다는 얘기는 없어요?"

"아직까진. 어쨌든 조심하는 게 좋을 거야. 그리고 얼마 전에 Jardin에 김철수라는 형사가 찾아와 너에 대해 물었다고 하더라."

정말이지 포기를 모르는 형사다.

수십 명이 수사를 해서도 찾지 못한 걸 혼자서 찾으려고 하다니 어지간하다.

"그래서요?"

"그냥 아르바이트를 한 적이 있다는 얘기만 했다더라. 그리고……"

여사장은 몇 가지 정보를 더 얘기했지만 이미 나도 아는 얘기였다.

그녀가 가고 신세호가 대양건설을 노린다는 정보를 매형에게 알려줘야 하나 말아야 하나를 고민했다.

본래 부유한 집안에서 차남으로 태어난 아버지는 사업을 하셨던 큰아버지와는 달리 공부를 제외하곤 별 관심이 없으셨다.

그래서 유산으로 받은 돈을 모두 부동산을 사뒀는데 부동산 붐과 함께 엄청난 돈을 버셨다.

한데, 땅 투기로 떼돈을 번 졸부로 바라보는 사람들의 시선이 싫었던 아버지는 결국 대양건설을 만드셨다. 처음 시작은 당신의 땅에 건물을 짓는 일부터였지만 빚이 없고 워낙 탄탄한 회사이다 보니 차츰 커지게 되었고 지금의 대양건설이 되었다.

그래서일까, 아버지는 회사에 그리 큰 애정을 가지고 있진 않았다.

그 때문에 고생한 건 송지훈 변호사인 삼촌이었다.

나 역시도 큰 매형이 운영하는 대양건설에는 딱히 관심이 없었다. 그저 매년 배당되는 배당금 정도를 받는 곳이었다.

하지만 신세호가 그곳을 노린다고 하니 은근히 신경이 쓰인다.

결국 전화기를 들었다.

"매형, 저 무찬이에요."

—네가 웬일이냐?

결코 반기는 목소리가 아니었다. 경계하는 듯한 매형의 태도에 괜한 전화를 했다고 자책했지만 전달할 말은 해야 했다.

"홍산유통에서 대양건설을 노리고 있다는 소문이 있어 전화했어요."

—뭐, 홍산유통에서? 아무 연관 없는 그들이 왜? 지금 그

말을 믿으라고 하는 소리냐?

"믿을 만한 소식통에게 들은 거예요."

―흥! 최대주주라 이제 슬슬 회사 일에 신경 쓰고 싶은 것 아니고?

"그게 아니라……."

―아니면 됐다! 어련히 내가 알아서 할까 봐. 정 걱정스러우면 네 주식이나 내게 팔아라. 현 시세로 쳐주마.

욱하고 마음이 들었지만 그저 그런 사이에 우습다는 생각에 안으로 삼킨다.

지민이 집으로 들어가기 싫다고 했을 때 안쓰럽게 생각했는데…….

나도 별반 차이가 없다.

"그러죠. 송 변호사님 보낼게요."

―정말이야?

"네. 작은 매형이랑은 알아서 나누세요. 끊어요."

차라리 잘된 일이었다. 가지고 있어봐야 신경만 쓰일 게 분명했다.

지금은 그저 복수에 전념할 때였다.

생각은 이렇게 했지만 왠지 기분이 좋지 않다.

삼촌에게 전화를 해 대양건설 주식을 넘기겠다고 말을 했다.

―네가 어련히 알아서 하는 것이겠지만… 아니다. 조만간

처리하고 연락하마.

이외 별다른 말은 안하셨지만 무척이나 서운한 말투였다.

아버지가 내게 15%의 주식을 남긴 걸 보면 삼촌과 잘 이끌어가라는 의미였을 수도 있다.

하지만 내겐 해야 할 일이 있었다.

"어디서 무슨 얘기를 들었기에 얼굴이 그리 안 좋아?"

사무실로 들어가자 해윤이 날보고 묻는다.

"글쎄, 나도 모르겠다."

거울이 있었지만 지금의 내 모습을 보고 싶지 않았다.

그저 오늘따라 아버지가 보고 싶다.

5장

마음을 확인하다

　둘만의 여행을 가기로 한 날.

　"이상하다 싶으면 바로 연락해. 그리고 방범장치가 울리면 바로 닉 룸으로 들어가 있어. 오빠가 바로 달려올 테니까."

　우니에게 당부를 남긴다. 혼자만 여행가는 미안함도 조금은 있었다.

　"걱정 마. 내가 있잖아!"

　"당신은 왜 아침 일찍부터 여기에 와 있는 건데요?"

　"내가 불렀어. 오늘 봉구 오빠랑 서울 시내나 돌아보려고."

리봉구가 우니 옆에 있어서 안심이 되긴 하지만 그가 우니를 좋아한다는 사실이 마음에 걸린다.

아직 우니의 마음을 모르겠지만 난 평범한 남자를 만났으면 하는 바람이다.

"우니는 내게 맡기고 즐겁게 놀다 오라고. 크크큭!"

"내가 왜 봉구 씨한테 우니를 맡겨요?"

"매일 봉구 씨, 봉구 씨. 이제 형이라 부를 때도 되지 않았나?"

"내가 왜 봉구 씨를 형이라 불러요!"

리봉구랑 얘기를 하다 보면 왜 이렇게 열이 받는지 모르겠다.

두 사람에게 인사와 협박을 다시 한 번 한 후에야 차에 올라 해윤의 집으로 갔다.

긴 머리를 말아 올리고 민소매 티에 반바지를 입은 해윤은 이사라도 가는지 큰 여행용 가방을 들고 집 앞에서 기다리고 있었다.

"회장님과 어머님께 인사드려야 하지 않아?"

"괜찮아. 아빠는 인사 받고 싶지 않대."

하긴 '당신 딸과 둘만 여행 다녀오겠습니다' 하고 인사하는 것도 이상하다.

"이제 어디로 갈까?"

"내가 주소를 찍을게."

난 아직 가는 곳을 몰랐다.

어디로 가는지 물었지만 날 놀라게 할 생각인지 지금까지 말을 안 했다.

내비게이션에 찍힌 주소를 봤다.

정진그룹이 가진 놀이공원 근처에 있는 정진리조트였다.

괜찮은 장소였지만 왠지 스멀스멀 불안감이 올라온다. 하지만 내색하지 않고 차를 출발시켰다.

9시 30분인데도 고속도로로 들어가는 길은 정체가 심하다.

자동차의 행렬은 장마가 끝나고 본격적인 휴가철을 알리는 신호탄처럼 느껴진다.

이 와중에 접속사고가 있는지 렉카차가 시끄럽게 사이렌을 울리며 빠른 속도로 갓길을 달려간다.

병목구간과 교통사고 현장을 지나자 시원스럽게 내달리던 자동차는 다시 정진리조트로 들어가는 길부터 막힌다.

"저기 앞에서 우측으로 들어가."

딱히 길이 있어 보일 것 같지 않았는데 역시나 철문이 좁은 도로를 가로막고 있었다. 하지만 차가 다가가자 경비원으로 보이는 사람이 해윤의 얼굴을 확인하곤 철문을 열어준다.

"설마 개인도로야?"

"응."

살짝 어이가 없어졌다. 잘 뻗은 도로는 산책로라 할 만큼 잘 가꿔져 있었고 양옆의 나무들이 멋지게 그늘을 만들어낸다.

내비게이션의 작은 그래픽 자동차는 산을 가로질러 목적
지로 향한다.

"저기야!"

도로의 한편에 유럽풍의 멋진 건물들이 몇 채 보였는데 나
무로 만들어진 건물들은 주변의 미관과 어울려 편안한 휴식
공간임을 보여준다.

하지만 곳곳에 설치된 CCTV와 대낮임에도 어두워 보이는
숲은 나에겐 그저 섬의 밀림을 생각나게 만드는 곳에 불과했
다.

또한, 예상대로 주변에서 느껴지는 인기척이 오롯이 둘만
의 여행이 아님을 보여준다.

"부모님 집, 오빠들 집, 내 집, 손님 집 이런 건 아니지?"

"어떻게 알았어?"

"딱 봐도 알겠다. 어쩜 이리 전형적으로 지어둔 건
지……."

노찬성 회장은 미래의 대가족을 상상하며 이런 곳을 마련
했겠지만 자신이 그랬듯이 그의 자식들도 싸울 것이라는 상
상은 안 했나 보다.

"너 방금 우리 아빠 흉본 거지?"

"내가 미쳤니?"

"그럼?"

"그저 감탄해서 하는 소리다. 들어가자."

"거기가 아니거든!"

해윤의 집은 맨 왼쪽에 위치한 곳이었다. 1년에 며칠 사용하지 않는 곳일 텐데도 매일같이 청소를 했는지 묵은 냄새나 먼지 한 톨 없이 깔끔하다.

"여기서 자면 되나?"

"여긴 내 방이거든."

"둘만의 여행인데 굳이 각 방을 쓸 필요는……."

"넌 옆방으로 가!"

붉어진 얼굴로 고함을 빽 지르는 해윤. 놀리는 재미가 쏠쏠하다.

옆방에 짐을 던져놓고 해윤의 집을 구경한다. 1층에 방 2개, 2층에 방 2개.

도대체 얼마나 많은 손자를 볼 생각으로 만든 건지 노찬성 회장의 생각이 궁금하다.

다행히도 집 안에 내 감각에 감지되는 카메라는 없었다.

"이제 뭐하고 놀까?"

이 막힌 곳에서 남녀 둘이서 놀 만한 것은 하나밖에 없었다.

계획을 짠 해윤에게 물어보는 수밖에 없었다.

"우리 워터파크 가자."

"…그래."

몸에 난 상처 때문에 싫다고 하고 싶었지만 나보다 오히려 해윤이 더 큰 용기를 낸 것을 알기에 가기로 결정했다.

워터파크 역시 정문으로 들어갈 필요가 없었다. 직원들이 이용하는 문을 이용해 안으로 들어간 후, 옷을 갈아입고 나가는 입구에서 만나기로 했다.

해윤은 층층이 프릴이 달린 수영복으로 큰 가슴을 가리고, 어린애처럼 보이는 단점을 없애기 위해 옆과 등이 훤히 터져 있는 디자인의 검은 비치웨어를 입고 수줍게 나온다.

"예쁘다."

"정말? 그런데 좀 부끄럽다."

"부끄러워하면 다른 사람들이 더 이상하게 봐. 그리고 선글라스 끼면 너인 줄 아무도 모를 거야. 더 자신 있게 행동해."

"응. 한데 박무찬, 정말 몸 좋다! 비실비실해 보였는데 완전 다르잖아! 잠깐……. 이 상처는 뭐야?"

해윤은 가슴에 있는 상처를 만지며 물었고 이어 온몸에 난 상처에 동그랗게 눈을 뜨며 나를 바라본다.

"얘가, 누가 보면 어쩌려고 더듬니?"

"누, 누가 더듬었다고 그래?"

"나가자."

말을 돌리자 자신이 묻던 바에 대해서 까맣게 잊은 모양이나.

난 해윤의 어깨를 감쌌다.

살결이 닿는 느낌 흠칫 놀라는 그녀였지만 거부하지 않는다. 굽 낮은 비치용 슬리버를 신어서인지 품 안에 쏙 들어온 느낌이다.

문을 열고 나가자 끔찍할 정도로 많은 인파가 눈에 들어온다.

두통이 생길 정도로 많은 정보가 머리를 덮친다.

내공을 끌어올려 넓게 퍼져 있는 감각을 주위 2m 내로 좁히고 나서야 나아진다.

"무찬인 수영 잘해?"

"물개 수준밖에 안 돼."

"하여간 허세는……. 배에 힘 빼. 누구한테 보여주려고 그렇게 힘을 주고 있는 거니?"

"눈치챘냐? 저기 앞에 있는 아가씨들이 자꾸 날 보잖아."

"으이구! 이렇게 예쁜 여친을 두고 한 눈을 팔아?"

"예쁜 여친이 어디 있더라?"

"여기!"

"하하하! 미안, 우리 예쁜 애인!"

선글라스 안으로 사납게 희번덕거리는 눈을 본 순간 결국 꼬리를 내렸다.

사람 반 물 반인 흐르는 풀에 몸을 담그고 본격적으로 놀기 시작했다.

"꺄아아아악!"

둥근 튜브를 타고 이리저리 휘어지며 내려오는 놀이기구를 탈 땐 해윤은 아예 손잡이가 아니라 나를 붙잡는다.

또한, 물속에서 장난을 치다보니 자연스러운 스킨십이 가능했다.

이렇게 사람이 많고 번잡한 워터파크를 찾는 이유를 알 수 있는 순간들이다.

스파, 바데풀, 해가 뜨겁다 생각이 들면 실내 풀까지. 하루 종일 돌아다녀도 다 즐기기 힘들 정도로 놀 거리는 충분했다.

다만, 놀이기구를 하나 타려면 30~40분은 기본으로 기다려야 한다는 단점도 있었다.

"배고프지 않아? 밥 먹으러 가자."

"그럴까?"

처음에 부끄러워하는 모습은 완전히 사라지고 해윤은 환한 웃음을 띤 채 오늘을 즐기고 있었다.

워터파크가 한눈에 보이는 테라스가 있는 레스토랑으로 갔다.

"국밥세트가 있네. 난 국밥, 넌 뭐 먹을래?"

"나도 국밥."

해윤은 자리를 잡고, 난 음식을 받아 가기로 했다. 기다리는 사람들에 비해 빨리 나온 국밥을 들고 해윤이 있는 곳으로 갔다.

"…친구들이랑 놀러 왔어요?"

"우린 셋인데 같이 놀래요?"

해윤이 잡은 자리 옆에 있는 남자애들이 작업을 하는 중이었다.

팔과 어깨에 붙이는 문신을 하고 어지간히 이런 곳에서 놀았는지 새까만 얼굴들이었다.

"험!"

난 헛기침을 하며 남자가 있음을 알렸다. 굳이 그들을 탓할 마음은 없었다.

남자끼리 왔다면 나라도 분명 헌팅을 하려고 했을 테니까.

"무찬아, 왔어?"

약간 불안해하던 해윤은 밝은 기색으로 말했고, 남자들은 떨떠름한 표정으로 고개를 돌린다.

"아 씨바! 어이없이 남자가 있냐."

"그러게. 비리비리한 놈이 뭐가 좋다고……."

"오늘은 일진 더럽네. 빵빵해서 마음에 들었는데 말이야. 키키키!"

"어지간히 만져라, 새끼야. 가슴이 터지겠다. 크크!"

"난 더 키워줄 수 있는데. 하하하!"

자신들끼리 속삭이는 게 아니었다. 마치 우리가 들으라는 듯이 지껄이고 있었다.

"저 새끼가 꼬라본다. 눈깔을 확 파버릴까 보다."

"무찬아!"

날 말리려는 해윤의 손을 뿌리치고 일어났다. 그리고 바로 옆에 있는 놈의 머리채를 잡고 테이블에 놓인 접시 위로 박아 버렸다.

꽝!

큰 소리가 울렸다. 그리고 테이블은 뒤집어졌다. 하지만 난 그대로 놈의 얼굴을 나무로 된 바닥까지 박았다.

그리고 얼굴을 주변에 있는 흩어져 있던 그릇을 들고 때렸다.

"……."

신음을 흘리는 놈을 두고 일어나 최면과 살기를 동시에 발했다.

나머지 두 명은 말문이 막힌 채 아무 말도 하지 않고 나와 자신의 친구를 번갈아 바라볼 뿐이었다.

"옷을 벗고 있으니 만만하게 보이냐? 다시 지껄여 봐. 아가리를 찢어버릴 테니까."

일반인들을 상대할 땐 잔인하게 하는 편이 좋았다.

겁을 먹으면 수십 명이 있어도 얼어붙게 마련이다. 그리고 이렇게 하는 것이 두 사람을 더 때리지 않아도 된다는 장점도 있었다.

"병원비 필요하면 연락해라. 그리고 경찰에 연락해 봐……."

바닥에 떨어진 놈들의 스마트폰을 들고 내 번호를 찍었다.

그리고 얼어붙어 있는 놈에게 건네며 다시 진득한 살기를 가득 실어 보낸다.

"꺼져!"

꺼지라는 내 말이 방아쇠가 되어 놈들의 정신을 깨웠고, 후다닥 친구를 깨워 사라진다. 하지만 그들은 사라졌지만 주변은 이미 수많은 사람이 원진을 만든 채 우리를 구경하고 있었다.

"소란스럽게 해서 죄송합니다. 제 애인에게 모욕적인 말을 해서 참을 수가 없었네요. 아무 일도 아니니 편하게 식사들 하세요."

넘어진 테이블과 흩어진 접시들을 정리하며 난 사과를 했다.

잠시 웅성거리던 사람들은 불똥이 튈까 서서히 자신의 테이블로 돌아간다.

"넌… 어쩜 그리 무모하니?"

"날 모욕하는 건 참아도 널 모욕하는 건 참을 수가 없었어. 미안."

맞은편이 아닌 옆에 앉아 놀랐을 해윤의 손을 잡고 가볍게 기를 불어넣었다.

"아, 앞으론 그러지 마……."

"약속은 못하겠다. 밥 먹자."

밥을 먹고 있는데 워터파크 경비원들이 몇 명 왔다. 하지만 그저 앞에 잠깐 머뭇거리다 사라진다.

"근데, 아까 그 사람 많이 다쳤으면 어떻게 해?"

"멀쩡할 거야. 자, 놀러 가자!"

해윤은 밥을 먹고 레스토랑을 나오며 나에게 당했던 사람의 상태를 걱정한다.

하지만 소리만 요란하고 모습만 끔찍해 보였을 뿐이다.

때린 물건도 돈가스 패드였고, 피처럼 튀어 오른 것도 소스에 불과했다.

내가 비록 막가는 편이긴 하지만 일반인을 상대할 때까지 그러진 않는다.

햇살이 뜨거운 때라 우리는 잠시 실내로 들어갔다. 소화도 시킬 겸 걷다가 스파가 있어 들어갔다.

비키니를 입고 스파를 즐기던 여자들이 내 몸의 상처를 봤음인가 서로 눈짓을 주고받다가 일제히 다른 탕으로 가버린다.

"풉! 네가 무서운가 보다."

"민폐라 목욕탕도 안 갔는데… 쩝! 우리 그만 놀고 나갈까?"

"안 돼! 저녁까지 실컷 놀아야 돼."

"그러든지. 너희 집안 매출 떨어지지 내가 손해 보는 건 없으니까."

물놀이는 사람을 쉬 지치게 만드나 보다.

3시간을 넘게 놀고 점심을 먹은 해윤은 스파의 따뜻한 물에 몸을 담그자 노근한지 눈을 감고 있다가 금세 꾸벅꾸벅 존다.

"해윤아, 휴게실에 가서 좀 쉬자."

"놀아야 하는데……."

말은 그렇게 했지만 몸은 이미 휴식실로 향하고 있었다.

휴식실은 남녀의 방이 따로 되어 있었다. 해윤을 안으로 보내며 1시간 30분 뒤에 여기로 오겠다고 말한 뒤 난 혼자 걸었다.

딱히 할 일이 없었다.

찰랑이는 물은 쳐다만 봐도 지겨웠고, 오전보다 사람이 많아져 1시간은 기다려야 할 것 같은 놀이기구는 탈 생각이 안 들게 만든다.

"와아!"

사람들의 함성이 발을 붙잡는다.

빙 둘러 사람들이 구경하고 있는 것은 서핑이었다

빠르게 흘러나오는 물살을 타고 작은 보드에 엎드린 채 있던 구릿빛 피부의 남자는 재빨리 무릎을 꿇고 앉더니 금세 보드 위에 일어난다.

하지만 곧 몸의 중심을 잃고 거친 물살에 휩쓸린다.

이어지는 사람들이 보드에 엎드린 자세로도 10초를 못 견

디는 걸 보니 구릿빛 남자에게 쏟아진 함성이 이해가 됐다.

서핑을 보니 섬에서의 기억이 났다.

언제 어느 때고 상대를 정확하고 일격에 죽이기 위해서 가장 중요한 것은 몸의 중심을 잡는 것이었다. 무술이 강해질수록, 내공이 많아질수록 몸의 중심을 세우는 것은 더욱 중요해졌다.

맨 처음 몸의 중심 잡기를 배우기 위해 한 것은 두 가지였다.

낭창낭창한 나뭇가지에 올라가 버티는 법과 판자 같은 나무를 바다에 던져 놓고 그 위에서 버티는 것이었다.

처음엔 내 몸의 무게를 충분히 버틸 수 있는 큰 나무였지만 내공이 생기고 몸이 가벼워졌을 땐 발을 디딜 정도의 공간만 있으면 서핑이 가능했었다.

서 있는 사람도 몇 명 되지 않았기에 가서 줄을 섰다.

줄은 금세 줄었다.

"오늘따라 서서 하는 게 잘 되지 않네."

내 뒤에선 구릿빛 피부의 남자가 약간의 허세를 보이며 머리를 멋지게 쓸어 올린다.

"처음에 조심하세요. 앞으로 나갔다가 뒤로 올 때 보드를 꽉 잡아 중심을 잡아요."

"네, 그러죠."

내 차례가 되자 친절하게 조심해야 할 점을 설명해 주는 남자에게 가볍게 인사를 하고 보드에 엎드렸다.

짧은 미끄럼틀을 타고 내려간 보드는 거칠게 내려오는 물살을 가르고 앞으로 나간다.

하지만 그보다 빨리 내려오며 서핑장의 중간쯤에 멈추며 좌우로 떨린다.

'이거 재미있네.'

넘실거리는 파도를 넘는 것과 전혀 달랐다. 가르는 물줄기가 얼굴을 치며 시원함이 느껴졌다.

잠깐 엎드려 흐름을 느낀 후, 몸을 일으켰다.

"어어~"

내가 일어서자 구경하던 사람들이 더 긴장을 한다.

살짝 무릎을 구부린 채 두 손을 늘어뜨리고 본격적으로 서핑을 시작한다.

좌우로 흔들며 커다란 물줄기를 만들어 내고 물을 거슬러 올라가듯 보드가 춤을 춘다. 사람들의 함성이 터져 나온다.

"돌아라, 돌아라~"

누구부터 시작된 말인지 모르지만 어느새 주변은 같은 말을 외친다.

어떻게 돌라는 얘기지? 횡으로? 종으로?

이제 그만 탈 때도 됐다 싶었다.

그래서 마지막으로 좌우로 보드를 움직이다가 물의 장력을 이용해 미끄러지며 보드가 하늘을 향하도록 종으로 돌왔다.

"우와~ 아!"

착지를 한 후 잠깐 더 타다가 보드에 내려왔다.

재빨리 자리를 벗어나려 보드를 건네는데 서핑장을 관리하던 아르바이트생이 사람만큼 큰 인형을 하나 준다.

"서서 1분 이상 넘게 타는 분께 드리는 거예요."

"고맙습니다……."

도대체 워터파크에서 이 큰 인형을 어디에다 두라고 선물을 주는 건지.

"불편하시면 나갈 때까지 맡겨두셔도 돼요."

내 생각이 얼굴에 나타났나 보다.

난 좀 전과 다른 진심이 담긴 감사를 표하고 다시 산책하듯이 걷기 시작했다.

"저기요……."

"네?"

성인다운 비키니를 입은 아가씨가 말을 걸어왔다. 하루와 비교하면 많이 부족하지만 세련된 느낌이다.

"혼자 왔으면 오늘 같이 할래요?"

"애인과 같이 왔어요. 미안해요."

"웅~ 거절을 위한 거짓은 아닌가요? 지금이 싫다면 나중은 어때요?"

입술을 귀엽게 내민 여자는 거절에도 불구하고 스마트폰

을 꺼낸다.

번호를 교환하자는 얘긴가 보다.

"인연이 있으면 만나죠."

하루를 즐겁게 보내기 위해 온 사람의 마음을 상하게 만들 필요는 없었기에 정중히 거절을 했다.

돌아가는 그녀 또한 별로 대수롭게 생각하는 것 같지 않았다.

1시간 30분이 아니라 2시간 30분이 넘어도 해윤은 나오지 않았다.

그래서 여직원에게 깨워달라는 부탁을 하고 나서야 휴식실에서 나온다.

"무슨 낮잠을 밤잠 자듯이 자냐?"

"미안. 어제 잠을 설쳤더니 알람이 울렸는데도 듣지도 못했어. 에엑? 벌써 시간이 이렇게 됐어? 진짜 미안해, 무찬아."

비몽사몽으로 시계를 보던 해윤은 시간을 보고 잠이 깼는지 미안함을 격하게 표한다.

"괜찮아. 이리 와봐."

팔에 매달린 채 애교를 부리는 해윤의 눈에 낀 눈곱을 살짝 떼주었다.

"헤헤, 용서해 주는 거다. 근데 그동안 뭐했어?"

"그냥 돌아다녔어. 이제 뭐 할 거야?"

"저녁 먹고 야간파티에 참여해야지."

"…그래 죽을 때까지 놀아보자."

자고 일어나서 체력이 보충이 되었는지 저녁을 먹으러 가는 해윤의 발걸음은 나비처럼 가벼웠다.

어두워진 워터파크는 또 다른 매력이 있었다.

물속과 조형물에 설치된 은은한 조명이 마치 낮과는 다른 세상을 만들고 있었고, 간단한 옷을 걸친 이들도 있어 마치 해변의 느낌도 났다.

무엇보다도 마음에 드는 건 사람이 훠~ 얼~ 씬 적다는 것이다.

난 얇은 티를, 해윤은 비치원피스를 덧입고 파티가 있는 장소로 갔다.

도착하기 전부터 말로만 듣던 클럽 분위기가 물씬 풍긴다.

대형 스피커에서 나온 음악 소리가 심장을 울렸고, 삼삼오오 짝지은 커플들이 모여들고 있다. 우리는 파티가 있는 장소로 들어가기 위해 줄을 섰다.

"헉……!"

"왜들 그래요?"

우리 뒤에 들리는 짤막한 비명 소리는 점심 때 만난 3인방이었다.

그리고 정말 인연이 있는 건지, 워터파크가 좁은 건지 내게 작업을 하던 여자와 그 친구들이 그들과 함께하고 있었다.

날 본 3인방은 슬금슬금 뒷걸음치고 있고, 작업을 걸던 여자는 나와 해윤을 연신 힐끔거리며 보고 있다.

"인연이 있는 얼굴들이네요. 여기는 제가 계산할 테니 즐거운 시간들 보내요."

딱히 할 말이 없었기에 재빨리 계산을 하고 해윤과 파티 장소로 들어왔다.

"너, 내가 잘 동안 도대체 무슨 짓을 하고 다닌 거야?"

"그냥 돌아다니다가 서핑 탄 것밖에 없거든."

"근데, 왜 아까 그 여자가 널 그리 유심히 보는데?"

작업녀는 아무런 말도 하지 않았는데 어떻게 눈치를 챈 걸까?

여자의 육감은 정말이지 무시무시하다.

"네 남자 친구가 잘생겨서 그런가 보지."

"농담 아냐. 혹시나 바람피우다가 걸리면 알아서 해."

우리가 부부냐, 바람이게!

하지만 생각을 말하지 않고 조용히 고개를 끄덕일 수밖에 없었다. 그리고 안 걸리면 괜찮다는 얘기로 듣기로 했다.

흥겹고 신나는 댄스음악이 DJ의 손을 거치며 몸을 움직이게 만드는 마력이 있는 음악으로 탈바꿈한다.

그 음악 속에서 비키니를 입은 여성들이 야하게 움직이며 관능미를 뽐냈고, 남자들은 골반을 움직이며 남성미를 발한다.

그러나 나는 물론이거니와 해윤이도 클럽에서 춤을 춰본 경험이 전무했다.

"나무토막이냐?"

"너도 마찬가지거든!"

남자인 난 조금 나았다.

곁눈질로 남자들이 추는 춤을 보고 가장 간단한 동작을 그대로 따라하면 됐다.

해윤도 여자들의 춤을 보고 따라하지만 여자 춤은 아무래도 웨이브가 많다 보니 따라 하기가 쉽지 않은 모양이다.

마치 로봇이 춤을 추는 것 같다.

"해윤아, 전혀 야하지 않으니까. 그냥 마음이 가는 대로 귀엽게 춰라."

"죽을래?"

춤추는 건 아무래도 상관없었다. 그저 해윤과 이렇게 함께 한다는 게 재미있었다.

쏴아아아~

"꺄아아아~"

갑자기 시원한 물줄기가 춤을 추는 사람들에게 쏟아져 내린다.

스텝이라고 적힌 증을 목에 건 이들이 큰 호스로 물을 뿌리고 있었다.

땀을 흘리며 춤을 추던 해윤도 물을 맞고 비명을 지르며 좋아라 한다.

시원함도 잠시, 쏟아지는 물줄기에서 춤을 추는 사람들, 이게 은근히 야하다.

조명빨, 화장빨은 들어봤지만 물빨은 오늘 처음 본다.

촉촉해진 머리에서 흘러내린 물이 일부는 옷을 적시고, 일부는 목으로 흘러 쇄골에 잠시 고였다가 여성의 상징 중 하나인 도드라진 그곳으로 들어간다.

그리고 물기를 머금은 해윤을 바라보는데 정신이 아찔해진다.

"왜?"

내 눈빛이 이상했음을 느꼈는지 새초롬한 표정으로 묻는다.

"…예뻐서."

"치! 나 원래 예뻤어……."

난 말하는 해윤의 입술에 입을 맞췄고 해윤은 눈을 감고 나를 받아들인다.

머리에 차가운 물이 쏟아져 내렸지만 해윤을 탐하는 불꽃은 사그라지지 않는다.

"나쁜 놈아! 너 지금 처음인 거 알아?"

"뭐가?"

입술을 떼자 묘한 표정의 해윤은 버럭 소리를 지른다.

"나한테 그런 눈빛을 보여주는 거, 그리고 먼저 키스해 주는 거……."

해윤은 분명 웃고 있는데 눈에서 물이 흘러나온다. 아마 물 대포의 물이 눈으로 들어갔다 나오나 보다.

"그럼, 두 번째."

난 방긋 웃어 보이곤 다시 해윤의 입술을 찾았다.

마시멜로처럼 말캉거리는 입술은 달콤하기보단 짠맛이 났 지만 황홀했다.

해윤의 팔이 목을 감싸왔고, 내 손은 부드럽게 허리를 감싼 다.

파티는 늦은 시간까지 계속되었지만 우리는 중간에 나왔다.

아까와 비슷한 자세로 걷고 있었지만 그때보다 한결 더 가 까워진 상태였다.

"더 하고 싶은 거 있어?"

"아니. 이제 들어가서 술이나 마시자."

"그래."

아까 들어왔던 곳으로 가다 보니 서핑장이 눈에 띄었다.

"맞다. 나 아까 서핑 잘한다고 선물 받았는데 받아 가자."

"무슨 선물?"

"너만큼 크고 통통한 곰 인형."

"죽어! 이 나쁜 놈!"

"하하하하!"

발길질을 하는 해윤을 피해 재빨리 서핑장으로 뛰어갔다. 아까와는 다른 남자가 곰 인형을 들고 얘기를 한다.

"저… 죄송한데 한 번만 더 타주시면 안 될까요?"

"왜요?"

"저 그게… 아까 탄 동영상을 보고 회사에서 광고 영상으로 쓰고 싶다고 해서서."

"얼마 주실 건데요?"

"네? 아, 네! 놀이공원과 워터파크 연간 회원권을……."

"됐어요. 어서 곰 인형이나 주세요."

인간들이 날로 먹으려고 하고 있어.

어차피 지금으로서는 이곳에 올 일은 해윤이와 함께 할 때뿐이다.

사귀는 동안은 언제든지 무료로 올 수 있는데 연간 회원권 따위 필요 없다.

"왜, 무슨 일 있어?"

가까이 다가와 결국 내 다리를 한 방 찬 해윤이 이유를 물었다.

여전히 곰 인형을 나에게 주지 않고 있던 남자는 해윤을 보곤 옳다구나 싶은지 설명을 한다.

"타! 오늘 공짜로 즐겼으면 최소한 도움은 돼야지. 그리고 나도 얼마나 잘 타는지 보고 싶어."

하여간 아버지나 딸이나 사람 부리는 능력은 타고났다.

"이 어두운 데 촬영이 가능해요?"

"그럼요! 바닥조명과 야외조명만으로도 충분해요."

"그럼 혹시 보드에 LED조명 같은 거 달 수 있어요?"

"그건 뭐하시려고……?"

"촬영 끝나고 애인한테 한 가지 보여주고 싶은 게 있어서요."

"그야 테이프로 붙이면 될 것 같은데요."

"알았어요. 그럼 바로 시작하죠. 참, 얼굴은 안 나와도 되죠?"

"네! 그건 상관없어요."

"……."

상관이 없다라……

갑자기 기분이 확 상한다.

하지만 눈을 부릅뜨고 빨리 보드를 타라는 해윤이 있어 탈 준비를 했다.

촬영은 카메라 두 대와 조명 몇 개가 켜지자 끝났다.

사람들이 무슨 일인가 싶어 모여들었지만 모자를 눌러썼기에 신경 쓸 이유는 없었다.

"그냥 마음껏 타시면 돼요. 아까처럼 공중회전도 해주시고요!"

난 보드를 타고 서핑장으로 진입했다. 아까 한 번 경험이 있어서인지 내려가자마자 일어나서 마음껏 보드를 탄다.

공중에서 돌 때마다 탄성이 터져 나온다.

"컷! 고생했어요!"

"그럼 조명 꺼주시겠어요."

난 촬영이 끝나자 엉성하게 작은 LED랜턴을 2개 단 보드를 갈아타고 다시 서핑장으로 들어갔다.

바닥의 불까지 꺼지고 오로지 랜턴의 빛 남았을 때 좌에서 우로, 우에서 좌로 빠르게 돌며 두 바퀴를 돌았다.

"하트다!"

불빛이 내가 상상한 대로 제대로 모양을 만들었나 보다. 난 두세 번 더 하트를 만든 후에야 보드에서 내렸다.

"칫! 말로 하면 어디 덧나?"

해윤은 눈을 곱게 흘기며 팔꿈치로 옆구리를 찔렀지만 힘은 없었다.

"힘든 하루였다. 들어가자."

"응!"

난 한 손으로는 해윤을 옆에 끼고 다른 한 손으로는 해윤을 닮은 곰인형을 끼고 탈의실로 향했다.

해윤에게 말한 것처럼 힘들기만 한 하루는 아니었다.

내 마음을 확인한 날이었다.

가만히 있어도 절로 웃음이 나온다.

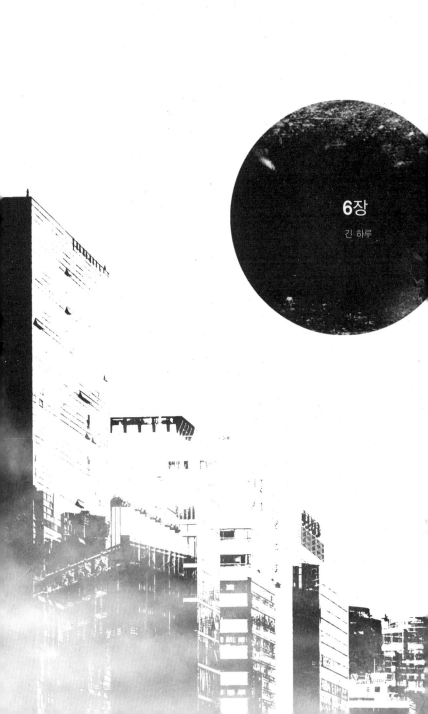

6장

긴 하루

힘든 하루는 끝난 것이 아니었다.

집들이 모여 있는 곳에 도착했을 때 그곳은 꽤 밝았고 많은 사람이 북적이고 있었다.

노찬성 회장이 둘만의 여행을 허락했다고 했을 때부터 찝찝했고, 오전에 이곳에 왔을 때 너무 많은 인기척이 느껴져 어느 정도 예상을 했었다.

"고모!"

당황한 표정으로 나와 모여 있는 사람들을 번갈아 보던 해윤이 차에서 내리자 초등학교 저학년으로 보이는 여자애가 쪼르르 달려와 그녀에게 안긴다.

"지영아, 언제 한국에 온 거야?"

"오늘. 고모 보고 싶어서 할아버지께 여쭈어봤더니 여기 있다고 해서 바로 왔어. 근데 저분이 고모 애인이야?"

"안녕, 만나서 반가워. 박무찬이야."

"안녕하세요, 노지영이에요."

영악한 것 같으니라고!

고개를 숙이며 인사하는 노지영은 얼핏 보기엔 예쁘고 예의 바른 아이였다.

하지만 번뜩이며 빠르게 움직이는 눈이 귀여움을 넘어 영악하다는 걸 보여준다.

노지영은 노해윤의 둘째 오빠인 노강윤의 1남 2녀 중 첫째 딸이었다.

노강윤은 현재 정진전자 지사장으로 근무하고 있는데 오늘 이 자리에 있었다. 하지만 그의 부인은 아직 아기들이 어려 오지 않았는지 보이지 않는다.

"안녕하셨습니까? 회장님, 여사님."

해윤이 노지영에게 잡혀 있는 동안 난 야외 테이블에 앉아 와인을 마시는 노찬성 부부에게 인사를 했다.

"허허허! 잘 지냈나? 이거 둘만의 여행을 방해한 거 아닌지 모르겠군. 지영이가 해윤이를 어찌나 보고 싶어 하던지……."

"괜찮습니다. 해윤이는 아직 미성년이잖습니까."

해윤의 생일은 12월, 법적으로는 여전히 미성년이다. 고등학교를 조기졸업을 한 친구들이 많은 대한대학교에선 내년에 미성년이 풀리는 애들도 있었다.

"안녕하세요, 노강윤 사장님. 박무찬입니다."

"반가워요. 해윤이가 남자 친구를 사귄다고 해서 놀랐는데 반할 만하군요."

"별말씀을요. 그리고 말씀 편하게 하세요."

"그러지. 술이나 한잔할까?"

"금방 옷 갈아입고 오겠습니다."

집으로 들어가 옷을 갈아입고 나오려는데 해윤이 들어온다.

조카 때문에 웃고 있던 그녀는 들어오자마자 버럭 소리를 지른다.

"정말 오빠 때문에 못 살겠어! 왜 하필 오늘 한국에 온 거야."

노찬성 회장이 불렀겠지.

"무찬아, 어떻게 해?"

그걸 나한테 묻는다고 해답이 나오니?

"넌 화 안나? 오늘을 얼마나 기다렸는데……. 넌 아무렇지도 않은 것 같다?"

애가 별소리를 다한다. 그리고 내 태도가 마음에 들지 않는지 화가 나에게로 온다.

"해윤아, 생일이 언제?"

"그것도 몰라? 12월 14일이라고 말해줬잖아."

"그럼, 12월 15일까지 난 참을 거야. 성년이 된 해윤이를 안고 싶은 게 솔직한 내 마음이야. 이해하지?"

"…그럼, 키스도 그때 했어야 하는 거 아냐?"

"그건 참기 힘들지. 이렇게 예쁜데."

나는 '쪽' 소리가 나게 뽀뽀를 했다.

다소 표정이 풀린 해윤은 자신의 방으로 들어갔고, 난 밖으로 나와 노찬성 회장 부부와 노강윤이 있는 곳으로 갔다.

회사 얘기를 하고 있던 두 사람은 내가 다가가자 일상적인 대화로 바꾼다.

"앉게. 와인으로 하겠나?"

"네."

술은 노찬성이 권했지만 노강윤이 따라준다. 고개를 돌리고 한 모금 마신 후 내려놓았다.

"오늘 재미있게 보냈나?"

"네. 즐거운 하루였습니다."

"다행이군. 회사에 있다 보면 별 시시콜콜한 얘기까지 귀에 들어올 때가 있어. 오늘 자네가 한 일들에 대해서도 보고를 받았네."

"심려를 끼쳐 죄송합니다. 해윤이를 모욕하는 말에 잠시 이성을 잃었습니다."

"자네를 탓하려는 게 아닐세. 능력이 되지도 않는데 일을 벌였거나, 해결할 능력이 있음에도 가만히 있었다면 화가 났겠지. 그저 자네의 새로운 점을 보고 받고 나니 흥미가 더욱 일더군."

능구렁이 같은 영감탱이의 관심 따윈 사절이다. 한데, 옆에 앉아 있던 노강윤마저 관심을 보이려 한다.

"아버지, 무슨 말씀입니까?"

"허허허! 너도 흥미가 가나 보구나. 오늘 이 친구가 글쎄……."

노찬성 회장은 나에 대한 얘기를 노강윤에게 해주었고, 얘기를 다 듣고 난 노강윤은 아까와는 또 다른 눈길로 날 본다.

참 부담스런 집안이다.

당장에라도 그냥 집으로 가고 싶었지만 그럴 순 없다는 것이 한이었다. 그래서 비싼 와인을 축내며 애써 태연한 척 앉아 있다.

"밤이 늦었어요. 이제 애들끼리 놔두고 들어가요."

"허허. 그럽시다."

김춘옥 여사가 참으로 옳은 얘기를 한다. 노찬성은 웃는 얼굴로 김춘옥 여사와 함께 일어난다.

"자네와 내가 했던 약속은 강윤이가 대신 해줄 테니 둘이 의논을 하게. 너도 아까 내가 한 말 유념해라."

"네. 쉬십시오."

"네. 주무세요, 아버지, 어머니."

"아빠, 엄마! 편히 주무세요!"

노지영과 한참 놀고 있던 해윤까지 인사를 했고, 그들은 안으로 들어갔다.

"휴~ 이곳은 다 좋은데 벌레가 너무 많아. 우리는 안에 들어가서 한잔 더 할까?"

"그게 좋겠네요."

안 그래도 벌레들이 얼쩡거려 신경에 거슬리던 참이었다.

내공을 끌어올리거나 살기를 발하면 붙지 않겠지만 노찬성 회장 주변에 경호실장이 있었기에 그나마도 여의치 않았다.

"해윤아, 지영이 잘 시간 됐으니까 부탁한다."

"…알았어. 그리고 좀 있다 봐, 오빠!"

노지영이 있어서 별다른 말은 안했지만 해윤이 노려보는 눈빛은 맹수의 그것과 다를 바가 없었다.

"어휴~ 기집애 성깔하곤. 들어가지."

노강윤을 위해 지어진 집은 해윤의 집과 비슷한 구조였다.

다른 점은 바(bar)가 있다는 점이었다.

"양주 좋아하나?"

"아무거나 가리지 않고 마셔요."

"이곳의 주인이 될지도 몰라 모아뒀지만 이제는 언제까지 올 수 있을지 모르는 신세니 빨리 먹어치우는 게 좋겠지."

양주병을 들고 잠깐 상념에 빠져 있던 노강윤은 피식 웃으며 마개를 딴다.

노강윤의 말에서 정진그룹의 후계자가 정해졌다는 걸 알 수 있었다.

첫째인 노한윤과 둘째인 노강윤에 대한 세간의 평은 비슷했기에 어쩌면 당연한 결과였다.

다른 한 편으로는 형제의 난으로 회장에 오른 노찬성 회장이 자식들에게 자신이 겪은 일을 겪지 않게 하기 위한 결정일 수도 있었다.

"제가 먼저 한잔 따라 드리죠."

"미래의 처남의 잔인가?"

"아뇨. 제 일을 잘 도와달라는 부탁의 잔이에요."

"하하! 내 술로 생색은 자네가 내는군."

"하하하! 그렇게 되나요? 어쨌든 잘 부탁드려요."

"그러지. 건배!"

우리는 잔을 부딪치고 비싸 보이는 양주를 원샷한다.

"아버지께 도와주라는 말을 들었지만 무슨 일인지는 말씀이 없으시더군. 내가 도와줘야 할 게 뭔가?"

"사실 혼자 하려고 했던 일이었어요. 회장님의 도움은 기대를 못했거든요."

"어렵지 않은 일인가 보군."

"상식적으로 생각하면 불가능에 가까운 일이죠."

"궁금하게 만드는 재주가 있군. 다른 때 같으면 이런 대화를 즐겼겠지만 오늘은 별로 그럴 기분이 아니니 속 시원하게 얘기해 보게."

"동진푸드를 가질 생각입니다."

"……."

노강윤은 어이없다는 표정을 짓는다.

당연하다.

동진푸드는 신수호의 어머니가 유산으로 받은 회사로 우리나라 200위 안에 들었고, 1조원의 자산을 가진 기업이었다.

"하하하하하! 정말 재미있는 농담이야. 동진푸드를 가지겠다고? 하하하하하!"

그는 미친 듯이 웃었지만 난 개의치 않았다. 어차피 도움을 받는다면 더 쉽게 이루어지겠지만 그렇지 않아도 내 손에 들어오게 되어 있었다.

"…농담이 아니군. 쩝! 동진푸드를 가지겠다는 것이 가능하다고 생각하나?"

"계획대로라면 내년이 되기 전, 주인이 바뀌어 있을 겁니다."

"비싼 양주를 마셔서 그런지 자꾸 이상한 소리가 들려. 제발 내가 제정신이 아니라고 말해주게."

"지극히 제정신이에요."

"하하하! 자네가 지극히 비정상적이라는 건 알겠네. 그럼 그 계획이라는 걸 말해주게. 날 믿게 해보란 말이야."

"아직까진 비밀입니다."

"휴~ 정말이지 해윤인 얼토당토않은 사람을 사귄 것 같군. 아버지의 명이니 따라야 하니 내가 어떻게 도우면 되는지만 말해주겠나?"

"아무도 모르게 동진푸드의 주식을 천천히 모아주세요."

"주식싸움을 할 생각인가? 아버지에게 듣기론 재산이 꽤 많더군. 현금으로 600억이 넘는 돈을 가지고 있고, 부동산은 2,000억 정도 가치가 있다더군. 하지만 주식싸움을 하게 되면 1조원을 가지고 있어도 불가능해."

"자회사와 우호지분까지 합치면 50%가 넘을 텐데 아무리 비싼 값에 사들여도 주식으로 주인을 바꾸는 건 불가능해."

"글쎄요, 전 가능하다고 생각해요."

"…자네와 얘기하면 내가 바보가 되는 것 같아. 비밀을 유지하며 주식을 매입하는 거야 어렵지 않지. 하지만 많은 양은 힘들 거야."

"괜찮습니다."

"쩝! 다른 도움은 필요 없나?"

원래 회장이 된 후, 동진푸드 자체를 분해해서 팔아버릴 생각이었다. 하지만 정진그룹이 돕는다면 다른 방법이 있었다.

"혹시 동진푸드를 가질 수 있다면 어쩌시겠습니까?"

"그걸 말이라고 하나? 동진푸드 1년 매출이 얼마인줄 아나? 1조가 넘어. 1조원 5,000억이라도 주고 사고 싶은 회사라고."

"그럼 그렇게 하세요."

"크하하하! 마치 호주머니에 있는 동전을 주는 것 같군. 어쨌든 동진푸드를 놓고 이런 얘기를 하니 기분은 좋군. 만일 자네 말대로 된다면 정진그룹이 아니라 내 이름으로 가져도 되나?"

"'정진'이라는 이름을 사용할 수 있다면요."

"그야 당연하지. 회사의 가치를 떨어뜨릴 수야 없지. 이렇게 얘기하니 벌써 내 것이 된 듯한 느낌이군."

"노 사장님, 한잔 드시죠."

"형님이라 불러. 미친 짓이라는 걸 알면서도 기분은 좋아."

"네, 형님."

말은 기분이 좋다고 했지만 내가 보기엔 지금 노강윤은 후계자에서 탈락했다는 것에 대해 슬퍼하고 있었다.

"동생, 오늘 밤을 방해한 건 결코 내 의지가 아니야. 알아두라고."

"회장님의 지시라는 건 알고 있었어요."

"그래, 이해하라고⋯ 음냐, 음냐."

두 번째 양주가 바닥을 보였을 때 노강윤은 바의 테이블에 엎드린 채 잠이 든다. 그를 안아 침대에 눕혀놓고, 해윤이의 집으로 갔다.

해윤이는 방문을 열어놓은 채 노지영을 재우며 같이 잠들어 있었다.

누가 애기인지 자는 모습은 둘 다 비슷해 보였다.

"잘 자."

발에만 살짝 이불을 덮어주고 문을 닫고 나왔다.

모두가 잠든 새벽, 경호업무를 보는 이들만 깨어 있었다. 그중 내 기운 한 가닥을 남겨뒀던 경호실장도 깨어 있었다.

만나보고 싶었던 남자.

2층으로 올라가 조심스레 창문을 열고 밖으로 나가 노찬성 회장이 잠들어 있는 저택 뒤의 숲으로 들어갔다. 그리고 강한 살기를 발했다.

살기를 감지한 경호실장은 유령처럼 다가온다.

난 일정한 거리를 벌리며 다른 경호원이 없는 깊은 숲으로 그를 유인했다.

"역시 박무찬 군, 자네였나?"

"따로 얘기를 나누고 싶어서 실례를 저질렀습니다."

"아니 나도 한번 보고 싶었네. 자네를 볼 때마다 이 간질거리는 느낌을 참을 수가 없었거든."

헐! 설마 내가 위치를 알기 위해 기운을 보낸 걸 알아차렸단 말인가?

클로버도 알아차리지 못한 것을……

완벽하다고 생각하던 감시 방법이 깨진 것이다.

아니다. 알려주는 사람이 없어서 지금까지 착각하고 있었던 것이다.

클로버는 진즉에 알고 있었는지도 모른다.

"죄송해요. 그때 너무 갑작스레 다가오셔서 미리 위치를 알아두려 제 기운의 일부를 보내놓았거든요."

"신기한 재주야. 대충 이런 느낌인가?"

"헉!"

마치 감시당할 때의 그 느낌이 든다. 하지만 방향과 위치는 전혀 알 수 없었다.

"다시 사과드려야겠네요. 덕분에 무척 좋지 않은 기분입니다."

"좋은 걸 배웠으니 됐네. 한데 이 늦은 시간에 묻고 싶은 게 뭐지?"

"얼마나 강하시죠? 그리고 무술은 어디에서 배우신 거죠?"

"모르네. 무술은 사문에서 배웠지. 사부님께 듣기론 우리 사문을 제외하곤 우리나라에 전통을 잇는 곳이 없다고 들었는데 자네는 어디서 배웠지?"

내 물음에 솔직히 말해주는 모습에 나 역시도 솔직히 말해주고 싶었다. 하지만 내 비밀은 아는 사람이 없어야 했다.

"비밀은 지키겠네."

경호실장과 얘기를 해본 건 오늘이 처음이다. 하지만 그의 말에서 믿음이 느껴졌다.

마치 그가 내게 최면을 거는 느낌이다.

"제가 4년간 납치되었다는 얘기는 들으셨을 거예요. 그곳이 광산이라고 얘기했지만 아니었어요. 중국인들이 운영하는 죽음의 경기장이었죠."

난 뺄 건 빼고 내가 겪었던 일들을 사실대로 말했다. 고개를 끄덕이며 듣는 경호실장의 얼굴은 무척이나 심각했다.

"안타까운 일이군. 한데 걷기 수련이라… 궁금하군. 지금 무찬 군의 내공은 40년 가까이 수련해 온 내 내공과 비교해 아주 약간 부족할 뿐이야."

"목숨을 걸고 편법을 이용해 늘렸어요."

"내 생각엔 중국에서 나온 내공수련법인 것 같은데 아무리 그렇다고 해도 너무 급속도로 늘었군. 한번 보여줄 수 있겠나?"

"그러죠."

걷기 수련을 보여주면 혹시나 내가 겪고 있는 증상도 알 수 있을까 하는 마음도 있었기에 평소와 달리 더욱 천천히 걸었다.

"느리게 걷고 있군. 평소 속도로 걸어보게."

"네."

평소대로 원을 그리며 걷는다. 한참을 바라보던 경호실장은 손을 들어 멈추게 했다.

"확실히 우리 사문의 호흡법과는 차이가 있군. 몸으로 들어가는 기의 흡입 속도가 너무 빨라. 심지어 백회와 용천혈로도 기가 유입되는 게 느껴져."

"문제가 있는 건가요?"

"글쎄, 나도 경험이 일천해 정확하게 말해주지 못하겠네. 하지만 내 사부님께서 호흡법을 수련할 때 이런 말씀을 하셨지. 흡입한 기운을 충분히 몸 전체를 돌리고 남은 찌꺼기를 뱉어야 한다고 말이야. 그렇지 않으면 마귀에 들린다고 하셨지."

"마귀가 든다고요?"

"아까도 말했지만 자네가 나타나기까진 난 혼자였어. 제자가 있긴 하지만 그 애는 나와 다를 바 없으니 알 수가 없지. 그러나 시중에 있는 무협지에서 나오는 마공의 일종이 아닌가 싶네."

"혹시 내공을 수련하면서 가끔 몇 시간씩 기억이 안 나는 경우가 있으세요?"

"무아지경을 말하는 건가? 지금까지 한 번인가 있었지. 꼬박 3일간 호흡법에 매달리고 있었지."

확실히 경호실장과 난 다른 케이스다.

마공이라…….

매형들이 놔둔 건지 모르지만 집에 있는 무협지를 본 적이 있었다.

정파라 불리는 곳의 호흡법과는 다르게, 빠르게 내공을 모을 수 있다는 장점은 있으나 초고수가 되기 힘들고 성격이 포악해진다고 했든가.

나의 상황과 묘하게 일치한다.

"혹시 행공 말고 좌공은 없나?"

"배운 적이 없어요."

"행공이 어려운 걸세. 행공을 좌공으로 바꾸기는 쉬워도 반대로는 힘들지."

"귀문의 호흡법이 좌공이라면 한번 볼 수 있을까요?"

"어려운 일이 아니지."

말이 끝나기 무섭게 바닥에 털썩 주저앉아 호흡법을 실행한다.

나에게 보여주기 위한 호흡법인지 흡으로 들어간 기운이 온몸을 도는 과정까지 선명하게 느껴진다.

내가 걷기 수련을 하며 움직이는 혈도들과 완전히 달랐다. 참고만 할 뿐이지만 확실히 그의 말처럼 내 호흡법과는 길이부터가 달랐다.

"하~! 흐으으으으읍!"

찌꺼기를 뱉는 경호실장의 소리에 집중하던 정신이 깨진다.

한 호흡이 무려 1분이 넘었다. 보여주기 위한 호흡이 확실했다.

"도움이 됐네요. 감사합니다."

배운 것이 많았다.

그의 말처럼 행공을 좌공으로 바꾸는 건 어렵지 않을 것 같았다.

"도움이 되었다니 다행이군. 이제 더 궁금한 게 없나?"

"노찬성 회장의 경호원이 된 이유가 있나요?"

"마치 왜 군이 경호원으로 머물고 있는지 묻는 것 같군."

맞다. 일반인들과 비교할 수 없을 정도로 강한 그라면 어둠의 세계를 평정할 수도, 그것이 아니라면 격투기에 나가 세계에 이름을 날릴 수도 있을 터였다.

"처음에는 사부님에게 무술을 물려받는 순간부터 지게 된 의무를 지키기 위함이었어. 우리 사문은 조선시대 왕가를 수호하는 가문이었거든."

"노찬성 회장님이 왕가의 핏줄인가요?"

"아주 오래된 공주마마의 핏줄이라 들었네. 어쨌든 젊은 시절엔 지금의 삶보다 나은 삶을 살고도 싶었지. 하지만 지금은 이 자리에 충분히 만족한다네. 누군가를 해하지 않고 보호하는 삶도 나쁘지 않잖은가."

빙긋 웃으며 얘기하는 그가 잔잔한 호수 같다고 느껴진다. 뭔가 사정이 있어 보였지만 묻지 않는 편이 나을 것 같았다.

"회장님 곁을 너무 오래 비워뒀군. 얘기는 다음에 하기로 하지."

"네. 제 생각만 너무했네요."

"아닐세. 이제 무찬 군이 내 부탁을 들어줬으면 좋겠어. 아까 얼마나 강한지 물었을 때 난 모른다고 대답을 했었지. 내가 얼마나 강한지 나도 알고 싶네."

"…오히려 제가 부탁드리고 싶었던 일이네요."

푸아아악!

경호실장의 몸에서 폭발적인 기세가 뿜어져 나온다. 바람이 없음에도 내 머리가 어지럽게 날린다.

나도 기세를 끌어올린다.

하지만 내 기세는 그의 그것과는 달랐다. 마치 칼처럼 일어난 살기는 그의 기세를 갈가리 찢으며 영역을 확장한다.

"지옥에서 살아났다고 하더니……."

경호실장의 눈이 실룩거린다.

"먼저 갑니다!"

'다' 라는 말이 끝났을 때 이미 손날이 그의 목을 자르고 있었다.

으득~

피할 줄 알았는데 손을 들어 막은 경호실장의 팔에서 부러지는 듯한 소리가 난다. 하지만 부러지기 전 그는 몸을 띄웠고 잘려 나가는 방향으로 부웅 날아간다.

"크윽!"

경호실장의 입에서 짧은 신음이 터져 나온다.

비슷한 수준의 상대와 싸워본 경험이 없어 일어난 실수였다.

하지만 나무에 부딪히는 그를 향해 몸을 날리며 다음 공격을 했다.

실수를 만회하지 못한다면 그는 어차피 내 상대가 되지 못할 것이니 끝내는 게 좋았다.

퍽! 퍽! 퍽! 퍽!

애꿎은 나무만 터져 나간다. 발을 90도만 돌리는 것으로 공격을 피하고 내 왼쪽을 잡은 경호실장은 왼손으로 내 방어를 대비하며 오른손으로 장을 뻗어온다.

가벼운 장이 아니었다. 살짝 몸을 뒤틀어 피했음에도 옆구리에 화끈함이 느껴졌고, 옷은 낡은 걸레처럼 찢겨 나간다.

그게 끝이 아니었다. 장은 마치 살아 있는 것처럼 나를 따라붙는다.

클로버의 낙인의 장!

똑같은 기술은 아니지만 피해도 계속 따라온다는 것은 유사했다.

경호실장의 다리의 움직임이 이 기술의 핵심.

그의 보법이 이어지지 못하게 만들어야 했다.

그의 발이 디딜 곳을 향해 오른쪽 다리에 내공을 모으고 밟는다.

쿠웅! 푸악!

바닥이 움푹 들어가며 주변의 흙들이 폭발이 일어나듯이 들고 일어난다.

그리고 그 흙들을 뚫고 내 주먹이 그의 장과 부딪친다.

파아앙!

공기가 터지는 소리와 함께 한 발씩 물러났던 우리는 다시 번개처럼 붙는다.

주변의 나무들이 부러지고 땅의 거죽이 들고 일어났다.

그리고 그 범위가 점점 넓어지고 날이 뿌옇게 밝아 올 때가 되어서야 싸움은 끝이 났다.

"…강하군."

"경험이 많았을 뿐이죠. 다음엔 오늘처럼 되기 힘들 것 같군요. 후욱! 후욱!"

"글쎄 왠지 아직 자네의 모습을 다 보지 못한 것 같아."

"아녜요. 오늘 많을 걸 배웠습니다."

그의 심장을 겨눈 나무 꼬챙이를 버리고 한걸음 물러나며 진심을 담아 인사를 했다.

경호실장의 양복과 와이셔츠와 반쯤 잘려 나간 넥타이가 얼마나 흉흉한 싸움이었는지 보여준다. 그리고 그가 말을 할 때마다 입 안에 피가 비친다.

나 역시 무사하지 못했다.

거의 벗다시피 한 상태였고 내력이 조금밖에 남지 않았다.

조금만 시간이 길어졌다면 나의 패배였을 것이다.

"회장님이 곧 깨실 시간이군. 다음에 보세."

"네."

그는 올 때와 마찬가지로 순식간에 사라졌고, 난 그의 기척이 충분히 멀어졌다고 생각했을 때 가슴에 머금고 있던 피를 토했다.

"우웩!"

찐득한 피가 침과 섞여 바닥에 쏟아진다.

비슷한 수준, 아니 경험을 제외하곤 나보다 강한 상대에게 실수를 멈추다 보니 몸에 무리가 간 것이다.

"배운 건 많지만 너무 피곤하다."

졸렸다. 섬에서 전투가 끝나면 고 선생님 옆에서 몇 시간 잠을 잤다.

그때처럼 자고 싶어졌다.

조용히 집으로 돌아온 난 샤워를 마치고 침대에 누웠다.

꿈과 현실의 경계에서 잠들던 지금과는 달리 빠르게 꿈의 영역을 넘어 더 깊은 곳으로 들어간다.

깜깜하기만 하던 세상에서 웅얼거리는 소리가 점점 커진다.

[…해.]

[…기억해.]

[…건가? …서야. 나를 기억해.]

어둠이 만들어낸 듯한 소리는 커져 갈수록 누군가의 목소리와 닮아간다.

[…건가? …스스로 지운 거야. 나를 기억해.]

섬에서 첫날밤을 보내던 그날처럼 두려워졌다.

내가 두려움을 느껴?

위즈가 되고, 고스트를 죽이고 그의 기술을 가지게 된 이후론 클로버를 봐도 긴장감에 떨릴 뿐이지 두려움을 느낀 적은 없었다.

[꺼져! 난 위즈야!]

고함을 지르고 내공을 끌어올려 온 몸에 둘러보지만 두려움은 사라지지 않고 더욱 커져만 간다.

이길 수 있는 상대가 아니다.

도망가자. 어차피 나 말고 3명만 죽으면 끝나는데 굳이 싸울 필요는 없었다.

하지만 뒤돌아 도망가려는 순간, 그러면 소중한 누군가가 죽을 것이라 머리가 말해준다.

그리고 그 순간 과거에 내가 겪었던 일이라는 걸 깨달았다.

[아, 아냐……. 나, 나 때문에……. 흑!]

이미 말라 버렸다고 생각했던 눈물이 흘러나오며 목을 콱 막는다.

[…흐윽! …흐윽!]

그동안 참고 있던 눈물이 폭발했다. 얼굴이 축축하게 젖을 정도로 흘러내린다.

"…괜찮아."

이미 오래전 잊었던 엄마의 품과 같은 포근함이 날 안는다.

깊숙이 어둠에 빠져 있던 정신은 빠르게 질주하며 꿈과 현실의 영역으로 나온다.

"무찬아, 괜찮아. 울지 마."

깨어난 곳은 침대보다 푹신한 해윤의 품이었다.

"…뭐, 뭐야?"

난 화들짝 놀라며 일어나려 했지만 머리를 꼭 품에 안은 해윤이 때문에 일어설 수가 없었다.

"고모, 울보 아저씨 잠에서 깼거든? 그만 놔주지."

노지영의 말에 비로소 해윤은 날 놔줬고 그녀의 앞섶이 젖어 있음을 알고 얼굴을 손으로 만져보았다.

젠장! 꿈에서 운 게 현실로 나타났나 보다.

재빨리 손으로 문질러 눈물을 닦아냈다.

"괜찮아, 무찬아?"

"그, 그럼. 멀쩡해."

"울보 아저씨 무서운 꿈 꿨구나?"

"그래. 너무 무서운 꿈이었어."

어……? 무슨 꿈이었지?

분명 꿈에서는 기억이 났는데 다시 현실로 오니 아무 기억이 나지 않는다.

"밥 먹자. 아빠랑 오빠는 새벽같이 회사에 가셨으니 우리 셋만 먹으면 돼."

"그래? 정신없이 자다가 인사도 못 드렸네. 아침은 뭐 해 먹을까?"

"해뒀어. 씻고 식탁으로 와."

해윤이는 식탁으로 난 욕실로 갔다.

몇 시간 전에 샤워를 했지만 다시 차가운 물살에 온몸을 맡긴다.

꿈을 생각해 보려 하지만 꿈속에서 본 어둠처럼 막막할 뿐이다.

벌컥!

"울보 아저씨, 고모가 국 식는다고 빨리 오래!"

"…으, 응. 닦고 바로 갈게."

갑작스레 문을 열고 들어온 노지영은 두 손으로 막고 있는 나의 그곳을 물끄러미 보더니 '피식' 웃고 나간다.

꿈에 대한 생각은 사라져 버렸다.

대신 알 수 없는 모욕감에 몸이 부들부들 떨린다.

저 악마 같은 꼬맹이랑 하루를 보낼 생각을 하니 벌써부터 머리가 지끈거리며 아프다.

오늘도 어제처럼 긴 하루가 될 것 같다.

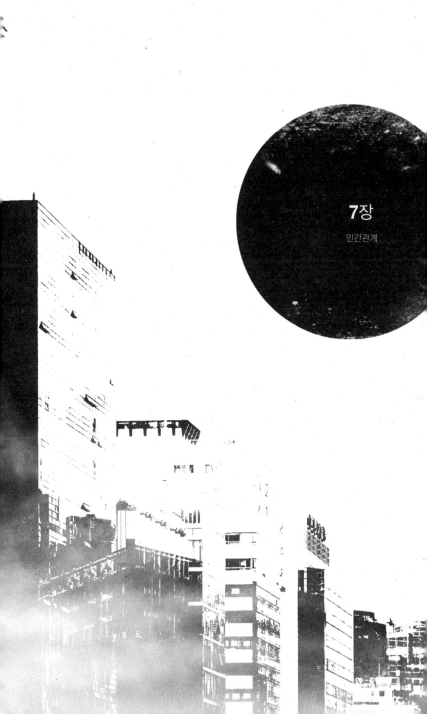

7장

인간관계

누군가가 하나를 주면 나 역시 그 사람에게 하나를 돌려주는 것이 인간관계를 바르게 유지하는 법이다. 무작정 주기만 하고, 무작정 받기만 하는 관계는 결코 오래 갈 수 없다.

물론 예외의 경우도 있다.

부모님, 가족, 친구…….

이 또한 아닐 수 있지만 만일 위의 세 가지를 다가진 사람은 인간관계에서만큼은 세상 부러울 것이 없는 사람일 것이다.

나는 어떨까?

글쎄, 모르겠다. 삼촌과 우니 정도만이 무작정 받고, 줄 수 있지 않을까 생각한다.

그 외에는 받았으면 돌려줘야 했고 줬으면 받아야 했다. 그게 돈이든, 복수든 말이다.

난 인간관계를 이렇게 생각한다.

문준에게 차를 사줬던 대학원 선배에게 전화가 왔다.

—너 하루만 빌리자.

"무슨 일인데요?"

—동반 모임이 있는데 파트너 해주기로 했던 놈이 외국으로 튀었어.

"……"

임자 없는 몸일 땐 상관없지만 공식적인 커플은 해윤이 있어서 대답이 나오질 않는다.

—중요한 모임이라 아무나 데려갈 수 없어서 그래. 오죽 급하면 내가 너에게 이러겠니? 해윤이에게는 내가 말할게.

"그렇다면 좋아요."

—오케이. 주소 찍어줄 테니까 오늘 6시까지 데리러 와. 괜찮은 차 없음 택시타고 오고.

"알았어요."

난 해윤이 허락을 할 리가 없다고 생각했다. 하지만 예상은 깔끔하게 빗나갔다.

"갔다 와."

"진짜?"

"응. 나중을 위해서라도 미리 경험해 보는 게 좋잖아?"

"나중? 경험? 도대체 무슨 소리야?"

"그런 게 있어. 대신 한눈팔면 죽는다!"

인상을 쓰면서 주먹을 쥐어보지만 그저 귀엽게 보일 뿐이다.

"참! 언니가 아까 말 못했다고 전해주래."

"뭘?"

"양복하고 악세사리는 최고급으로 하고 오래."

"무슨 선본대?"

"빈티나면 죽인대."

"······."

선배의 집안, 해윤의 말을 종합해 보니 대충 어떤 모임일지 짐작은 된다.

인맥을 만드는 최고의 장소, 복수의 도움이 될 만한 곳이었기에 기꺼이 참석하기로 했다.

일찍 퇴근해 집으로 와 준비를 했다.

서미혜가 선물로 준 시계를 처음으로 차고, 사줬지만 여전히 국산차를 몰고 있는 우니의 차를 타고 민정숙 선배의 집으로 간다.

"오! 박무찬, 괜찮은데······. 누나랑 연애 한 번 할까?"

평범한 얼굴의 민정숙은 평소 학교에선 평범한 대학원생처럼 입고 다녔다.

그리고 행동도 워낙 털털했기에 학생들 대부분이 4선 국회의원의 딸이라는 걸 몰랐다.

하지만 오늘은 달랐다.

검은색 스타킹에 검은색 원피스를 입었지만 옷에 달린 진주와 색색의 비즈들이 장례식의 엄숙한 분위기가 아닌 세련됨과 화려함을 보여준다.

또한, 화장과 머리스타일의 변화로 완전히 다른 사람이 되어 있었다.

하지만 결코 내 스타일은 아니었다.

"우와! 누나 같지 않아요."

"나 같은 게 뭔데?"

"글쎄요? 평범함?"

"이게 죽을라고! 너도 만만치 않거든. 그건 그렇고 듣고 보니 기분이 나쁘네. 이리 와. 한 대 맞자."

"한데 누나 엄청 잘 사네요?"

난 말을 돌렸다.

"깔깔깔! 너 웃긴다. 마치 몰랐던 것처럼 말한다? 네가 차살 거냐고 전화했을 때 알고 있었다고 생각했는데?"

"그런가요?"

"하여간 너도 능구렁이야."

민정숙의 겉모습은 달라졌지만 행동은 학교와 차이가 없었다.

"타시죠."

"그래도 예의는 아네."

차문을 열어주자 한마디하곤 우아하게 차에 오른다.

"모임장소는 어디예요?"

"백제호텔."

"가깝네요. 금방 모셔다 드리죠."

"천천히 가. 빨리 가봐야 할 일도 없어. 근데 너 돈 많이 벌었다더니 정말인가 보다?"

민정숙은 옆에 앉아 날 천천히 뜯어본다.

"그 소문은 어디서 들었어요?"

"우니 어머님이랑 우리 엄마랑 동창이시라 엄청 친하시거든."

하여간 노씨 집안 입도 싸다.

"좀 벌었죠. 왜, 급전 필요해요?"

"필요하다면 빌려주기는 할 거고?"

"10억쯤은 빌려줄 수 있어요."

"100억쯤 돼야지 10억이 뭐냐! 쪼잔하게."

"헐, 누나의 가치를 너무 과대평가하지 말아요. 은행보다 훨씬 후하게 평가한 거예요."

"쳇! 냉정한 놈!"

"저니까 그 정도로 평가하는 거예요. 그건 그렇고 어떤 모임이에요?"

"정재계 자녀들의 사교파티."

"0.1%?"

"대략 그 정도."

"재미없겠네요."

"생각보다 재미있어."

"정말요?"

난 믿을 수 없다는 듯 물었고, 민정숙은 자신만만하게 대답했다.

"내가 가잖아."

"컥! 학부에서 누나 별명이 뭔 줄 알아요? M 사감선생님이거든요."

"얌전하게 옷을 입어 참으려 했는데 도저히 안 되겠다. 몇 대 맞자!"

"아야! 아아! 취소예요. 취소!"

티격태격 얘기를 하는 사이 금세 백제호텔에 도착했다.

발렛을 맡기고 모임장소로 가는 엘리베이터를 탔다.

"주의해야 할 것 없어요?"

"있어. 말은 바르되 겸양하지 말고, 자세는 바르되 낮게 행동하지 마."

"…쉽게 말해요."

"한마디로 잘난 척할 것 있으면 마음껏 하라는 소리야. 이곳은 얌전떤다고 알아주지 않아."

"그런가요?"

"그래. 나도 제일 처음 왔을 때 다들 얼마나 재수 없게 보였는지 몰라."

민정숙의 말은 간단했다.

나와 알고 지내게 되면 당신에게 분명 이익이 될 것이라는 점을 알리라는 말이다.

엘리베이터에서 내려 입구에서 초대장을 보여주고 연회장으로 들어간다.

꽤 고급스럽게 꾸며진 연회장 안에는 한쪽으로는 갖가지 음식이 준비되어 있었고, 종업원들이 술을 나르고 있다.

연회의 주인공인 20대 중후반의 사람들은 와인잔을 든 채 삼삼오오 짝을 지어 얘기를 나누고 있었고, 민정숙을 본 몇몇은 잔을 들어 인사를 한다.

그때 남녀 한 쌍이 우리 쪽으로 온다.

"남자는 PTC그룹 손자, 여자는… 처음 본다."

민정숙은 손으로 입을 살짝 가리며 남자에 대해 얘기해 준다.

여자는 처음 보는 얼굴이라 했지만 난 누군지 알았다. TV에서 보던 아나운서였다.

"정숙아, 잘 지냈어?"

"오빠도 잘 지냈어요? 누구?"

"아하, 여긴 이호연 의원의 딸인 이은현. TV에서 봤지? 아나운서야."

"아! 그래서 얼굴이 익숙했구나. 익숙한데 이름이 기억이 안 나서 치매에 걸린 줄 알았어요. 민정숙이에요. 반가워요."

"말씀 들었어요. 민병진 의원님을 많이 닮으셨네요."

'누구누구의 자식이요' 라 자신을 소개하는 그들의 인사를 보며 속으로 쓴웃음이 나왔다.

물론, 나 역시 그들이 아닌 '누구' 를 보고 온 입장이었기에 할 말은 없다.

"이분은……? 새로운 애인?"

"아뇨, 후배. 파트너가 외국으로 가는 바람에… 그리고 앤 임자 있어요."

"아! 맞다. 동욱이 외국출장 간다고 했었지."

"처음 뵙겠습니다. 박무찬입니다."

"홍범기입니다. 반가워요. 혹시 부모님께서는?"

"작고하신지 좀 됐습니다."

"아……. 미안합니다. 한데 이름이 익숙한데……."

홍범기가 물은 것이 부모님의 유무를 물은 것이 아님은 알았다. 배경을 말하기 싫다는 간접적인 표현이었음에도 눈치를 못 챘는지 다시 물어온다.

대양건설이 작은 회사는 아니었다. 다만 이미 나와 관련 없는 회사를 들먹이긴 싫었을 뿐이다.

"선친께선 대양건설을 경영하셨죠."

"대양건설이라면……. 제가 다른 사람의 이름과 헷갈렸나 보네요."

한참을 생각하던 홍범기는 기억이 안 나는지 포기를 한다. 그러자 옆에 있던 민정숙이 한마디 한다.

"얘, 해윤이 남자 친구예요."

"해윤이… 아! 기억났다. 외당숙께서 점찍었다는 친구 맞지?"

"네?"

"반가워. 한 번 꼭 보고 싶었는데 이런 곳에서 만나게 되네."

홍범기는 아까 와는 태도가 완전히 달랐다. 마치 오랜 친구를 만났듯 내 손을 잡고 흔든다.

홍범기의 외당숙이 누구지라는 의문이 들기도 전에 그는 이미 날 끌고 사람들이 있는 곳으로 향한다.

그리고 다짜고짜 한 사람에게 날 보이며 말한다.

"정수야! 이 친구가 아까 내가 말했던 친구야."

"엥?"

"아까 말했잖아. 그 주식으로 대박냈다는 친구."

"아하~ 노찬성 회장님이 침 발랐다는 친구."

정수라는 사람이 홍범기의 외당숙의 정체를 말해준다.

이 망할 영감탱이!

도대체 나에 대해 뭐라고 지껄이고 다니는 거야!

"반가워요. 백정수입니다."

"박무찬입니다."

"하하하! 꼭 한 번 보고 싶었어요."

백정수는 두 손으로 내 손을 꼭 잡고 반가워한다.

남자에게는 취미 없음을 밝혀야 하는 거 아닌지 고민이 된다.

불행인지 다행인지 이후에 난 내 소개를 굳이 할 필요가 없었다.

홍범기와 백정수가 알아서 나에 대해 소개해 줬고, 모임의 주인공이라도 된 듯 사람들의 많은 관심을 받게 되었다.

물론, 이들이 나에게 관심을 보이는 건 주식과 노찬성 회장에 관심을 받게 연유, 두 가지였다.

후자에 대해선 나 역시 금시초문이었기에 할 말이 없었다.

예쁘장한 아가씨가 묻는다.

"주식투자로 얼마나 벌었어요?"

"한 이백 정도요."

"호호호! 이백만 원은 아니죠?"

"네."

"얼마 만에 번겁니까?"

내려오지도 않은 안경을 손으로 올리며 날카로운 눈빛의 남자가 묻는다.

"4월 중순부터니까 4개월이 조금 넘었네요."

"수익률은?"

"딱히 계산한 적은 없는데 대략 200%정도 전후가 될 것 같군요."

"투자처는 어떻게 결정했어요?"

"정보를 분석했어요. 물론, 정보가 어디에서 나왔는지 무슨 정보인지는 말씀드릴 수 없고요."

"한 종목만 찍는다면 어떤 걸……."

"제가 말하는 순간 그 종목은 가능성이 없을 텐데 괜찮으시겠어요?"

민정숙의 말을 따라 굳이 날 감추지 않고 잘난 척을 하지만 계속해서 주식 얘기만 반복하니 슬슬 짜증이 올라온다.

"펴요?"

날 이렇게 만든 홍범기가 담배를 피는 시늉을 하며 묻는다. 병 주고 약 준다더니 딱 그 짝이다.

하지만 난 약이 필요했다.

"안 피는데 지금은 피고 싶군요."

"하하하! 이쪽으로 와요."

홍범기, 백정수, 그리고 남자 4명과 연회장 옆에 있는 방으로 옮겼다.

꽤 큰 방에는 여러 개의 테이블과 소파가 널찍이 떨어져 있어 여러 팀이 와도 각자의 대화를 나눌 수 있게 되어 있었다.

"자자, 여기서 술이나 한잔 마시면서 남자들끼리 얘기나

하자고."

"형이 조금만 늦게 불렀으면 가려고 했어요."

"짜샤! 은경이 좀 땍땍거리는 게 있어서 그렇지 진짜 좋은 애야. 그만한 애 없으니까 꽉 잡아."

"그야 저도 알죠……. 한데 어제 일로 여기까지 와서도 화를 내니까 하는 소리예요."

"형이 방하나 잡아줄 테니까 오늘 잘 달래."

"알았어요. 이 얘긴 그만하고 담배나 피죠."

"그러자. 골치 아픈 일들은 연기로 날려 버리자고."

홍범기의 첫인상은 그저 그랬다.

하지만 사람은 겪어봐야 안다고, 다른 사람에게 하는 행동과 말하는 투를 봤을 때 꽤나 괜찮은 남자였다.

가벼워 보이는 것 같지만 연회장 전체를 훑어보며 겉도는 사람이 없게 하려고 노력했고, 두루 친해 말하는데 거침이 없었다.

또한 남을 배려하고, 누군가의 장점을 보는 능력이 탁월해 타고난 리더감이었다.

처음 내 부모님에 대해 물었던 것도 내 배경이 아니라 대화의 공통점을 찾기 위한 방법이 아니었을까 하는 생각이 들었다.

홍범기는 작은 원형 통에 든 시가를 나눠준다.

"저도 하나 주세요."

"무찬 씨도? 안 피는데 굳이 필 필요는 없죠."

"하하하! 비싸 보이는 시가(Cigar)를 놓칠 수야 없죠. 그리고 말씀들 편하게 하세요. 저도 편하게 형이라고 부를게요."

"성격 마음에 드네. 그러자."

형이라고 부른다고 해서 금세 친해지지는 않겠지만 시작은 나쁘지 않았다.

"거기 계신 분 아까 벌금 냈던 분이죠? 벌금은 못 돌려드리지만 같이 시가에 술 한잔 어때요?"

흡연실의 맨 구석에 홀로 앉아 태블릿을 보고 있는 남자를 향해 홍범기가 외친다.

"아, 전 신경 쓰지 마시고……."

"그러지 마시고 이리로 오세요. 하루 즐겁자고 만나는 건데 그렇게 혼자 계시면 마음이 불편합니다."

"……."

"그래요, 이쪽으로 오세요."

"자자, 잡아먹지 않습니다."

홍범기가 눈짓을 하자 두 명이 일어나 그 사람을 끌다시피 자리로 데려온다.

"시가?"

"고맙습니다."

끌려온 사내의 한국어가 미묘하게 어색한 것이 외국에서 오래 살고 온 것이 아닐까 하는 생각이 든다.

홍범기가 남자를 간단히 소개한다.

"왕휘정 씨는 스탠포드 경영대학원에 다니는데 방학 동안 잠깐 한국에 왔다가 모임에 참석하게 된 분, 그리고 오늘 유일하게 짝 없이 와서 과감하게 벌금 내신 분이기도 하지."

"반갑습니다. 백정수입니다."

"반갑습니다……."

…….

"저도 오늘 처음 온 박무찬입니다."

"모두 반갑습니다."

한 명, 한 명 인사를 하며 명함을 건네곤 자리에 앉았다. 그리고 각자의 시가에 불을 붙인다.

일곱 명이 한꺼번에 내뿜는 연기를 환풍기와 공기청정기가 열심히 빨아들이지만 역부족이다.

연기 속에서 홍범기는 빠르게 잔을 돌린다.

"오늘 새로 온 두 사람을 위해 건배!"

"건배!"

어색했던 자리도 술이 몇 잔 돌아가자 서서히 풀어진다.

백정수가 입을 열었다.

"참, 아버지가 선거기간에 너희들 도움이 컸다고 고맙다고 전해달래. 한 번 놀러 오라시더라."

"에이~ 저희가 뭘 한 게 있다고요?"

"맞아요. 의원님이야 원래 100%로 당선이셨잖아요?"

"그래도 자리 한 번 마련할 테니까 참석들 해라."

"부르시면 바로 달려갈게요."

"시현이 너 지난번에 만난다는 그 애완 어떻게 됐어? 너무 조용하던데?"

"하하! 형, 제가 누굽니까? 아직 만나고 있는데 완전 비밀로 잘 만나고 있어요."

"어? 난 처음 듣는 얘긴데?"

"시끄러. 넌 쓸 기사 없으면 내 기사를 쓸 놈이라 절대 안 가르쳐줘."

"하아~ 얘가 또 나한테 불을 붙이네. 내가 파파라치 몇 명 붙여줘?"

"…그러다 죽는다!"

"그니까 빨랑 불어."

"……."

"우와! 진짜 그 베이글하고 니가 거시기한 관계라고?"

"조용히 해!"

귓속말로 한 거였지만 나에겐 들렸다. 유명한 연예인의 이름이었다.

부자든 가난하든 남자들은 다 똑같았다.

화제는 당연하게도 '여자'에 이르렀고 얘기는 끊임없이 흘러나온다.

다만 여섯과 오늘 처음 만난 것이라 공통적인 추억이 없었기에 그들이 말을 하면서 웃는 이유에 대해선 이해할 수 없었다.

하지만 그들의 입에서 거론되는 이름이 대부분 뉴스에 오르내리는 이름이라 자연스럽게 귀를 기울이게 된다.

내 옆에 앉은 왕휘정도 남자였다.

무심한 표정으로 앉아 있었지만 호기심 가득한 눈빛으로 귀는 활짝 열어두고 있었다.

"자, 담배타임은 이것으로 끝. 이제 각자 파트너에게 충실한 시간입니다."

"좀만 더 있죠, 형?"

"영원히 있고 싶냐?"

"아뇨……."

"정 따분하면 좀 기다렸다가 밑에 풀 파티하고 있으니까 파트너들과 가려면 가도 좋아."

"그래도 돼요?"

"내가 한소리 듣지, 뭐"

연회가 지루한 건 사실이었다.

나도 일어나 연회장으로 가려했지만 홍범기가 할 얘기가 있는지 부른다.

"무찬인 나랑 잠깐만 얘기 좀 할까?"

"네."

난 다시 앉았지만 홍범기는 여전히 자리에 앉아 술잔을 들이키는 왕휘정을 흘낏 바라본다.

자리를 비켜달라는 얘기였음에도 왕휘정은 공부만 해서인지 눈치가 없이 앉아 있다.

별 수 없다는 듯 홍범기는 입을 연다.

"…오해하지 않고 들어주길 바란다. 혹시 네가 주식투자를 할 때 참조한다는 정보를 공유하긴 힘든 건가?"

난 바로 대답하지 않고 그가 왜 이런 말을 하는지에 대해 생각해 본다.

PTC그룹의 손자인 홍범기가 주식투자를 위해 내 정보가 필요할까?

없을 가능성이 높다.

하면 왜?

옆에 앉아 내가 답하길 기다리는 백정수의 모습을 보니 답이 나왔다.

"정보료는……."

"공유해 드리죠."

"정말?"

백정수가 기뻐하는 모습으로 묻는다.

"근데 이건 아셔야 해요. 제가 받는 정보는 굉장히 불안정하답니다. 가령, 한 달 전에 받은 정보 중에 이런 게 있었죠."

"……."

"'화성건설 사장이 기분이 좋아 술을 마신다'는 아주 단편적인 정보에 불과했습니다."

"화성건설이라면 베트남에 대형 건설을 수주받았잖아?"

"네. 그 수주가 결정 나기 이전에 받은 소식이죠. 전 그 단편적인 정보로 투자를 결정했죠. 과연 형님들이라면 어떻게 했겠습니까?"

"글쎄……. 결과론적으로 봤을 땐 훌륭했지만 정보가 전부 그런 식이라면……."

"학교 선배님들과 분석은 하죠. 물론, 제가 독단적으로 투자를 하기도 하고요. 제가 제공할 정보는 당연히 분석을 끝마친 것을 전해드릴 테지만 결정은 당연히 형의 몫입니다."

"음……."

주식은 나도 실패할 경우가 많았다. 인간관계를 만들려다 오히려 적을 만들 수도 있었기에 솔직히 말을 해야 했다.

망설이는 백정수.

한데 옆에 앉아 있던 왕휘정이 나선다.

"…하세요."

"네?"

"여기 무찬 씨 말대로 하시라고요."

"하지만……."

"고민을 하는 이유를 모르겠군요. 이미 결과는 나와 있잖아요. 아까 얼핏 듣기론 200억 쯤 벌었다고 하던데 맞아요?"

"네."

"그런 단편적이다 못해 어설픈 정보로 벌었다는 건 운이 아니라 여기 앉아 있는 무찬 씨의 정보 분석력과 통찰력이 뛰어나다는 거예요. 만일 다른 사람이 그런 정보를 준다면 코웃음 치겠지만 무찬 씨가 준다면 저라면 당장 투자할 겁니다."

왕휘정이 내 얼굴에 금칠을 한다.

하지만 백정수는 여전히 미심쩍은 모양이다.

아니, 미심쩍은 것보단 투자해서 잃으면 안 되는 돈으로 투자를 하는 것이라 더 확실하게 하고 싶은 것일 수도 있었다.

"그래요?"

"정보를 얻는다고 생각하지 마세요. 홍범기 씨나 백정수 씨는 투자를 잘하는 이 친구를 얻는 겁니다."

배운 사람이라 말은 잘한다. 그리고 완전히 눈치가 없는 것은 아니었다.

커피를 마신다며 자리를 비켜준다.

홍범기는 큰 방에 셋만 남았다는 걸 확인하곤 조심스럽게 말한다.

"험! 솔직히 말할게. 사실 내가 투자할 건 아냐. 여기 정수가 투자할 거야. 한데… 확신이 있어야 해. 이유는 말해주기 힘들지만……."

"무슨 말씀인지 알겠어요."

"알겠어?"

"요즘 정치하기 참 힘들죠. 재산도 공개해야 함은 물론이고 장관에 지명되기라도 하면 온갖 정보들을 다 파헤치죠."

"……."

"또한 웬만한 재산이 없으면 지역구 사무실을 빚으로 운영해야 하는 것도 압니다. 하지만 주식투자라는 게 믿어 달란다고 되는 게 아니잖습니까?"

"그건 그렇지."

"일단 제가 투자하고 있는 종목을 몇 가지 찍어드릴 테니 용돈 정도 투자해 보세요. 그리고 확신이 선다면 그때 투자를 하세요."

난 스마트폰을 꺼내 증권프로그램을 실행시켰다. 그리고 내가 투자한 곳을 보여주며 투자 가치가 있는 곳과 매도 타이밍을 가르쳐 주었다.

"고맙다. 정보비는 내가 섭섭지 않게 챙겨줄게."

"에이~ 그렇게 말하면 섭섭하죠. 잘 되시면 맛있는 저녁이나 사주세요."

"하하하! 자식! 저녁이라… 언제라도 사주마."

"그러다 매일 전화하면 어쩌시려고요."

"그야 당연히 전화번호를 바꿔버리지."

"그런 방법이 있었네요. 하하!"

줄 때는 아낌없이 준다. 그리고 받을 때는 당연하게 받으면 된다.

만일 줄 수 있음에도 거부하고 관계를 깨뜨리면…….

그땐 모조리 뺏는다.

＊　　　＊　　　＊

"너 혹시 위준이라고 아냐?"

"…그 이름은 어디서 들었어요?"

"뒷골목엔 모르는 사람이 없어. 밤에 할 일이 없나 해서 이곳저곳 다니는데 덩치들이 술만 먹으면 그놈 얘기던데."

"자세히 말해봐요."

"자세히 말하고 말게 없어. 그네들이 하는 얘기론 우는 깡패도 울음을 멈추게 할 정도로 강한 놈이라고 하더군."

내가 호랑이냐?

그리고 자꾸 '놈, 놈' 하다간 나한테 죽도록 맞는다.

"그래서 한 번 붙어 볼까하고 술 먹는 놈들 몇 명을 족쳐봤지. 그랬더니……."

"그랬더니요?"

"그냥 허깨비 같은 놈이더군. 자기도 소문만 들었다네. 수십 명을 10분 만에 작살 내는 놈이라기에 한 번 만나 볼까 했는데 말이야.

"……."

"이 기회에 위준이라는 놈 박살 내고 암흑가나 손에 넣어 볼까? 그나저나 이놈을 어디에서 찾지?"

"여기 있어요……."

"응? 뭐가 여기 있어?"

"위준 그놈이 나라고요."

"…그, 그러냐?"

"어디 박살을 한 번 내보시죠?"

"하… 하. 어, 어디 내가 위준의 상대가 되… 컥! 다, 다짜고 짜 공격하는 게… 윽!"

난 급소만 노려 강하게 때렸다.

물론, 화가 나서 때리는 건 결코 아니다. 그저 수련의 다른 방법일 뿐이었다.

리봉구는 비명을 지르며 바닥을 긴다.

밤거리를 지나가던(?) 리봉구가 위준에 대해 들을 정도라 면 누군가가 고의적으로 소문을 내지 않고서는 불가능했다.

누굴까?

곰곰이 소문을 낼 사람을 떠올려본다.

진명환과 사웅회 사장들에겐 몇 번이고 강조하며 얘기했 고, 최면도 틈틈이 걸어주고 있었기에 아닐 것이다.

하루와 VVIP 클럽 아가씨들도 마찬가지.

자신들도 숨어서 일하는 처지에 소문을 퍼뜨릴 이유가 없 다.

용의자는 빠르게 줄어갔다.

불곰, 날 형님이라 부르며 잘 따르긴 하지만 머리가 좋아 불곰이라기보다는 불여우에 가까운 놈.

하는 양이 왠지 믿지 않아 기회도 주고 도와줬다.

한데 소문의 진원지는 그 일 가능성이 제일 높았다.

'으득! 이 불곰이……'

배신이라면 당연 죽여야겠지만 소문낸 걸 배신으로 보기엔 애매모호하다.

화를 가라앉혔다. 일단 소문을 낸 의도를 알아야 했다.

모자를 푹 쓴 채 12시가 넘어 불곰이 머무는 성인나이트클럽으로 갔다.

"어서 옵쇼! 혼자 오셨습니까?"

"네."

내가 위준임을 알리지 않고 시끄러운 음악이 흐르는 나이트클럽으로 들어간다.

"어떻게 드릴까요?"

"기본으로 줘요."

2층에 있는 사무실이 느껴질 만한 곳에 자리를 잡고 앉았다.

괜히 성인나이트가 아니었다.

화장을 짙게 칠한 미시족들과 양복을 입고 스트레스를 풀기 위해 온 직장인들이 많았고, 무대에서는 헐벗은 두 남녀가 시끄러운 음악에 맞춰 성행위를 연상시키는 동작을 하며 춤을 춘다.

술이 도착해 한 잔 마시며 불곰의 기척을 잡기 위해 집중을 한다.

하지만 방해꾼이 있었다.

웨이터가 웬 미시족을 내 앞자리에 앉히고 즐거운 시간 보내라며 가버린다.

"……."

"……."

새치름하게 앉아 있던 미시족은 내가 아무 반응이 없자 코웃음을 치며 가버린다.

이건 시작에 불과했다.

성인나이트클럽 앞에 붙어 있는 부킹 100%를 자랑한다는 문구를 실현시키기라도 하려는 듯 웨이터들은 연신 여자들을 데리고 온다.

결국 난 자리에서 일어났다.

다른 길이 있는데 굳이 하나의 길을 고집할 이유는 없었다.

모자를 벗고 사무실이 있는 곳으로 올라갔다.

'웅? 여기에 없네?'

나이트클럽에 사람이 너무 많아 기척을 잡기 어려웠지만 사무실 가까이에 가자 불곰이 없음을 알았다.

"여긴 사무실입니다."

"알아요. 불곰은 어디 갔어요?"

불곰이야 첫 만남 이후에 자연스럽게 반말을 했지만 다른 조직원에게 반말을 할 수 없었다.

"사장님을 왜……? 저 혹시 위준님이십니까?"

"맞습니다."

"큰형님 오셨습니까!"

사무실을 지키던 두 명은 큰소리로 90도로 인사를 한다. 갈수록 태산이다.

"들어가시죠."

"……."

말로 표현하기 힘들 정도로 묘한 느낌이다. 불곰에게 형님이라는 말은 이제 익숙해졌지만 큰형님이라는 말은 익숙해질 것 같지 않다.

"어? 위준 형님!"

"아……."

전에 이곳 클럽의 입구를 지키고 있던 사내였다. 승진(?)을 한 건지 사무실 소파에 앉아 있다 날 확인하곤 반갑게 인사한다.

그나저나 반말로 해야 할지 존대를 해야 할지 고민을 하니 제대로 말이 안 나온다.

'젠장! 갈 때까지 가보자.'

이들의 두목에게 반말을 하는데 수하들에게 존칭을 사용하는 것도 이상하다.

"승진했나 보네?"

"헤헤! 공동책임자 중 한 명에 불과합니다."

"공동책임자?"

"예. 이곳에서 나오는 수익 중 절반은 조직에, 나머지 반은 애들 월급 빼고 책임자들끼리 나눠가지는 구조죠."

"좋은 건가?"

"당연히 좋습니다!"

얼굴을 보니 좋은 건 알겠다.

"좋다니 다행이네. 한데 불곰은?"

"사장님은 이제 이곳에 안 오십니다."

"그럼?"

"이곳에서 두 블록 떨어진 만구종합상사에 계십니다. 그리고 지금은 퇴근해서 집에 계실 겁니다. 하지만 큰형님이 오셨다면 연락하는 즉시 달려오실 겁니다."

설마 불곰 이름이 만구인 거냐?

봉구와 만구……. 영화 제목 같다.

"아니 됐어. 지나는 길에 잠깐 들린 거야."

몇 가지 더 물어보곤 자리에서 일어났다.

"형님! 그냥 가시면 어떻게 합니까? 그냥 보냈다는 걸 알면 전 사장님께 죽습니다."

후다닥 달려와 팔을 잡는다.

"방과 여자도 준비해뒀으니…"

"대접은 받을 걸로 하지. 불곰에겐 내가 다시 방문할 테니

왔다는 거 알리지 마."

"…알겠습니다."

"다음에 봐."

"네! 큰형님."

약간 서운해 하는 것 같아 어깨를 두들겨 주자 접히듯이 고개를 숙인다.

'휴~ 적응이 안 된다.'

"조심히 들어가십시오, 큰형님!"

2층에서 1층 플로어로 내려가려던 사람들이 일제히 날 바라본다.

난 올 때처럼 모자를 푹 눌러쓰고 뒤도 돌아보지 않고 나이트클럽을 빠져나왔다.

일 때문에 오늘은 출근을 못한다고 김기덕에게 말한 후, 불곰이 있는 곳으로 갔다.

몰래 지켜볼 생각으로 갔지만 만구종합상사가 있는 10층짜리 건물은 웬만한 요새처럼 되어 있었다.

꽤 큰 회사처럼 방문증을 발급받아야 하는 것은 물론이거니와 곳곳에 감시카메라가 출입자를 모두 체크하고 있었다.

그 외에도 출입구에 들어가면 경호원들에게 다시 한 번 출입증과 얼굴을 확인했다.

결국 몰래 지켜볼 생각은 포기하고 전화를 걸었다.

로비에 있다는 말이 끝나기 무섭게 모든 걸 무시하고 9층에 있는 사무실로 직행할 수 있었다.

"사장님은 안에 계십니다."

종합상사라더니 비서실도 있었고, 조직원이 아닌 직원들이 있어서인지 '형님'이라는 단어를 사용하지도 않았다.

여직원이 열어주는 문으로 들어가자 신수가 훤해진 불곰이 서서 기다리고 있었다.

"형님, 오셨습니까?"

"잘 지냈지?"

"형님 덕분에 편하게 지냈습니다."

"한데 회사에서 그렇게 불러도 되는 거야?"

"제가 사장인데 누가 뭐라 하겠습니까? 앉으세요."

맞는 말이다. 보스가 그렇게 부르겠다는데 누가 감히 간섭할 수 있단 말인가.

자리에 앉으니 한쪽 구석에서 어찌할 바를 모르고 서 있는 남자가 보인다.

"응? 저분은 누구시지?"

"아! 저에게 중국어를 가르치는 선생입니다. 김 선생님, 오늘은 가보셔도 좋습니다."

"…아, 알겠습니다."

남자는 가방을 들고 도망가듯이 밖으로 나간다.

"종합상사를 만들더니 중국과 교역을 힐 생각이가 보네.

좋은 생각이야."

"언감생심 중국과 교역이라뇨. 하하하!"

"그럼, 중국 조폭 애들 부리려고?"

"아뇨. 형님 중국가실 때 제가 가이드라도 해야 하지 않겠습니까?"

"……."

잠깐 어이가 없어졌다.

내가 중국에 간다는 것을 아는 사람은 노찬성 회장밖에 없다.

우니는 물론, 해윤이도 모르는 사실이다.

한데 불곰은 도대체 내가 중국을 갈 거라는 걸 어떻게 알았을까? 나에게 도청장치라도 설치했나?

내가 고민하는 걸 아는지 모르는지 불곰은 신이 나 말을 잇는다.

"하하하! 그때 저희 조직도 중국에 지부도 만들고 그럴 생각입니다. 이왕이면 세계적으로 놀아야 하지 않겠습니까?"

"어떻게 알았지……?"

"그야 형님이 하신 일들을… 추, 추측해서……."

주변이 싸늘해질 만큼 살기가 피어오르자 그 기운을 감지한 불곰은 얼굴이 굳어지며 말을 더듬는다.

최철용처럼 만들어야 하느냐, 마느냐로 짧은 순간 고민을 한다.

그 생각에 자연스럽게 살기가 발산된 것이다.

"내가 한 일이라니?"

"주, 중국 조폭 놈들과… 무, 문제가 있으시지 않으셨습니까?"

"그걸 추측으로 알아냈다고?"

"무, 물론입니다, 형님! 제, 제 말엔 한 치의 거짓도 없습니다."

"음……."

잔머리가 뛰어나다고 생각했는데 오산이었다.

불곰은 타고난 직관력과 우수한 머리를 가지고 있었다. 게다가 강동을 장악하고 수하들을 자신의 편으로 만드는 수완을 보면 리더십 또한 좋았다.

살기를 거뒀다.

"휴~ 죽는 줄 알았습니다, 형님."

"아직 끝나지 않았어."

"네네……."

"내가 중국에 간다고 쳐. 왜 따라오려는 거지?"

"전 형님을 평생 따르기로 결심했습니다. 혈혈단신 혼자 중국에 가시는 것보단 같이 가는 게 좋지 않겠습니까?"

"그러니까, 왜 따라오겠다는 건데?"

"그게 말입니다. …전 형님이 좋습니다."

…커밍아웃이냐?

내 눈이 가늘어지자 불곰은 온몸을 흔들며 그런 뜻이 아님을 알린다.

"그, 그런 뜻이 아니라 남자로서 형님을 존경한다는 겁니다."

"다행이네."

"하… 하, 하! 처음 최철용의 일 때문에 형님을 봤을 때는 사실 두려웠습니다. 그러다 형님이 행하는 일을 보고 존경하게 되었습니다."

"내가 어떻게 했는데?"

"글쎄요? 적에겐 잔인하고, 적이 아닌 자에겐 관대하죠. 그리고 자신을 믿는 한 약속을 지키시죠."

"그게 존경의 이유가 되나?"

"제가 말주변이 없어서 그런 것뿐입니다. 사실 저도 이 바닥에 있지만 의리는 없고, 서로를 이용하려 들 뿐이죠. 한데 형님은 달랐습니다."

불곰은 날 존경하는 이유에 대해 주절거린다.

이유는 길었지만 단순했다.

믿음을 배신할 사람이 아니라는 것.

글쎄, 그가 생각하는 게 맞는지 아닌지 모르겠다. 다만 적이 아니라면 관대한 편이긴 했다.

"알았어. 그 얘긴 그만하지. 사람을 앞에 두고 잘도 그런 소리를 하는군."

"사실인 걸요."

"…쩝!"

진심이라는 건 표정만 봐도 알겠다.

중국엔 아무도 데려갈 생각이 없다고 한마디 하려다 얘기가 길어질 것 같아 그냥 온 목적을 밝혔다.

"오늘 온 건 다름이 아니라 내 이름이 너무 많이 퍼져 있어서 혹시 누가 소문을 내는 게 아닌지 알아보러 왔어."

"……."

"혹시 네가 그랬냐?"

당황하는 모습을 보니 혹시가 아니라 확신이 들었다. 소문을 낸 놈은 예상대로 불곰이었다.

"죄송합니다, 형님!"

"내가 한 일을 예상할 정도라면 소문이 퍼지면 나에게 어떤 일이 생길지도 생각했을 텐데?"

"그게… 그럴 의도는 없었는데 강동을 손을 넣기에 가장 좋은 방법이었기에……."

"네가 존경한다는 의미가 내 이름으로 호가호위(狐假虎威)하기 위함인가?"

"저, 절대……."

"절대 아니라고?"

"…죄송합니다."

불곰은 고개를 떨구며 자신을 위해 내 이름을 판 것을 인정한다.

난 그런 그를 보며 인연을 끊을 것인지, 이어갈 것인지를 고민한다.

고개를 숙이고 기가 죽어 있는 불곰은 왠지 밉지 않았다. 그래서 한 번 더 기회를 주기로 했다.

만일 내 질문에 올바른 대답을 하면 말이다.

"문제를 만들었으니 해결 방법도 있겠지?"

"…네? 네네! 물론입니다."

"경찰이 위준이라는 이름으로 날 쫓고 있다. 어떻게 해결할 거지?"

난 그의 머리를 시험하고 있었다.

"더 소문을 내겠습니다."

"하? 지금도 곤란한데 소문을 더 내겠다?"

"이미 난 소문을 없앨 수 없으니 소문을 소문으로 덮으면 되지 않겠습니까?"

만점짜리 답이었다.

백곰을 용서하기로 했다. 아니, 내 사람으로 만들어야겠다는 생각을 한다.

"백곰."

"예……."

"형이 왔는데 차도 한 잔 안 주냐?"

"혀, 형님!"

나이 차가 조금 났지만 상관없었다. 자신이 그러겠다는데 뭐라 하겠는가?

"뭐로 드시겠습니까?"

"커피 한 잔 줘."

"설탕은?"

"달게."

"계란도 띄울까요?"

"……."

취향 차이는 어쩔 수가 없었다.

"농담입니다, 형님. 헤헤헤! 미스 은, 아메리카노 한 잔, 카라멜 마끼아또 한 잔 부탁해."

큰 덩치가 헤헤거리는 모습에 주먹이 불끈 쥐어졌지만 풀어야 했다.

동생으로 인정한 첫날부터 때릴 순 없었다.

"하하하! 큭큭큭!"

며칠 뒤 수련을 하러 들어오던 리봉구가 날 흘낏 보더니 미친놈처럼 웃는다.

"사람 기분 나쁘게 왜 그리 웃어요?"

"아, 아무것도 아냐. 큭큭… 큭!"

아무것도 아닌 게 아니다. 분명 나를 비웃는 것이었다. 난 어금니를 악물고 말했다.

"뿌득! 말을 하나 안 하나 두고 보죠!"

"말할게, 말할게!"

"진즉에 그럴 것이지……."

"어제 위준에 대한 소문을 들었는데 말이야……. 풉! 위준이 글쎄 덩치는 크고, 얼굴은 좀 못생겼대. 푸하핫! 무엇보다 그가……."

무슨 말을 하려고 그러는지 상당히 뜸을 들인다.

"게이래. 푸하하하하! 위준이 게이래."

"……."

"저, 저리가! 난 여자가 좋단 말이야. 하하하!"

두둑!

이성이 끊어졌다.

결코 날 이상하게 보며 손사래를 치고 비웃는 리봉구 때문에 화가 난 것은 아니다.

소문을 내라고 했더니 유언비어를 퍼트린 백곰이 옆에 없었기에 그에게 대신 푸는 것뿐이었다.

"통! 극! 소! 사!"

그냥 때리려고 했는데 우연히, 아주 우연히 비전의 점혈법이 리봉구에게 펼쳐진다.

8장

움직임

김철수 형사는 특별한 일이 없으면 매일 정각에 퇴근을 했다.

과거에는 거의 경찰서에서 지내다시피 하던 그였다. 하지만 특수수사본부에 파견을 다녀온 이후 180도 바뀌었다.

그러나 할 일은 다하는 그를 탓하는 이들은 없었다. 그저 예전처럼 사건에 울고 웃던 과거의 그로 돌아오기만을 바랄 뿐이었다.

"그럼, 내일 봐."

"어, 조심히 들어가."

"들어가세요."

오늘도 정각이 되자마자 일어나는 김철수. 일일이 동료들에게 인사를 한 그는 무언가를 쫓는 사람처럼 후다닥 경찰서를 나선다.

"양 형사 말처럼 정말 애인이 생긴 건가?"

"설마요? 자신의 입으로 자기는 결혼할 마음이 없다고 했었다고요."

"사람 마음이라는 게 어디 맘대로 돼? 마음에 드는 상대를 만났나 보지."

"그런가? 에이, 몰라요! 우리 코가 석잔데 누굴 걱정해요."

"하긴……. 오늘도 잠복이구나, 젠장!"

뒤로 동료들이 하는 얘기가 들렸지만 김철수는 신경 쓰지 않았다.

그들의 말처럼 애인이 생긴 게 아니었고 그저 취미생활이 한 가지 생겼을 뿐이었다.

그가 향한 곳은 사건 때문에 몇 번이고 방문한 플레져 빌딩이었다. 이제 7시도 안 된 시간이었기에 플레져 빌딩은 아직 오픈 전이었다.

그는 근처 카페에 들어가 커피를 주문했다. 그리고 커피를 들고 플레져 빌딩이 보이는 창가에 앉아 수첩을 꺼내 편다.

그의 수첩 맨 위에는 '박무찬' 이라는 글씨가 적혀 있었고 그 밑으로는 알아보기도 힘든 글자들이 괴발개발 빼곡했다.

김철수는 처음부터 다시 조사를 하고 있었다. 박무찬이 한국에 도착한 뒤부터 그의 행적을 뒤쫓고 있는 것이다.

"얌전히 Jardin에서 일하던 네가 여기엔 온 이유는 뭐지? 복수겠지. 악덕 사채업자들이 순순히 고우니를 놔줄 생각이 없어 보이니 죽였을 테고. 그렇지?"

그는 흡사 수첩이 박무찬이기라도 한 것처럼 중얼거리며 심문을 하고, 스스로 답까지 한다. 주변 사람들이 미친놈 쳐다보듯이 했지만 그의 행동은 계속되었다.

"Jardin에서 일하면서 넌 널 납치하도록 명령한 범인을 만났어. 그리고 그 범인은 네가 살아 있음을 알고 다시 널 노렸겠지? 시치미 떼도 소용없어. 넌 CCTV를 피했지만 널 감시하던 놈들은 CCTV에 여러 번 걸렸거든."

박무찬을 보면 아무 이상 없는 CCTV 영상이었다. 하지만 다른 각도로 보자 그가 감시당하고 있다는 사실이 보였다.

"넌 감시자들이 찬구파에서 보낸 걸 알게 되었어. 그래서 이곳으로 왔어. 그렇지?"

수첩은 아무 말도 없었다.

하지만 김철수는 '그렇다'라고 말하는 것이 들리는지 회심의 미소를 지으며 플레져 빌딩을 바라본다.

어둠이 내리고 네온사인이 하나둘씩 켜지기 시작하자 거리는 낮의 열기와는 다른 열기로 서서히 달아오른다.

김철수는 플레져 빌딩 근처에서 있는 포장마차 안으로 들어갔다.

밤샘 영업을 하는 곳이라 이제 막 영업을 하기 위해 준비 중이었다.

"어서 오세……. 형사님, 전 더 이상 아무것도 모릅니다."

반갑게 손님을 맞이하려던 포장마차 주인은 손님이 김철수임을 확인하곤 인상부터 와락 구긴다. 플레져 빌딩 살인 사건 때문에 몇 번 경찰 조사를 받아야 했던 그로서는 당연한 반응이었다.

"오늘은 사건 때문에 온 게 아닙니다. 라면 하나 주세요."

"뭐, 그렇다면야……. 잠깐만 기다리세요."

떡라면을 주문한 것도 아닌데 주인은 떡, 만두를 넣어 푸짐하게 한 그릇 만들어 김철수에게 갖다 준다.

"후루룩 쩝쩝! 흐음~ 맛있네요. 장사는 잘 되십니까?"

크게 한 젓가락 먹은 김철수는 엄지를 내밀며 라면을 칭찬하고 넌지시 묻는다.

"그저 그렇습니다. 플레져 빌딩의 주인이 바뀌면서 손님이 확 줄었습죠."

"주인이 바뀐다고 이곳과 무슨 상관이 있다고……."

"말도 마십쇼. 빌딩 안에 식당 비슷한 게 생겨서 아가씨들이고 일하는 친구들이고 도통 오질 않아요. 식약청에서는 뭐 하는지 몰라!"

김철수는 라면을 먹으면서 방금 들은 얘기를 수첩에 적었다.

아무리 사소한 것이라도 도움이 되기 마련이었고, 이번 얘기는 수사과정에서 들어보지 못한 일이었다.

"허~ 한 번 알아봐야겠군요. 한데 바뀐 주인은 뭐하는 사람이랍니까?"

김철수는 포장마차 주인이 귀가 솔깃할 얘기를 하며 다시 질문을 한다.

"그건 저도 모르죠. 진명환 사장님 것이란 얘기도 있고, 그와 친한 사람 것이라는 얘기는 들었는데 소문일 뿐이죠. 이쪽 업계에선 바지 사장을 내세우고 하는 게 기본이잖아요."

김철수가 묻는 대로 답을 하는 포장마차 주인이었다. 하지만 더 이상은 건질 것이 없어 보였기에 돈을 지불하고 밖으로 나왔다.

플레져 빌딩도 슬슬 활기로 차오르기 시작했다. 입구에는 어깨들과 웨이터들이 바쁘게 움직이고 있었고, 일찍부터 즐기려는 손님들도 보였다.

"휴가? 너 미쳤냐? 그러다가 너 이곳에서 일도 못해. 그래서 이틀 뒤에 온다고? 니 맘대로 해라. 나중에 자리 없다고 나한테 뭐라고 하지 마라. 됐어, 끊어!"

더운 날임에도 정장을 입은 덩치가 건물 옆에서 연신 전화질이다.

대화 내용을 보니 오늘 플레져 빌딩에 올 아가씨들을 파악하는 중이었다.

김철수가 익히 알고 있던 얼굴이었다.

"아가씨들이 말을 안 듣나 보지?"

"누구… 김 형사님? 여, 여긴 웬일입니까?"

"잡으러 온 거 아니까 걱정 마라. 지나는 길에 네가 보이기에 인사나 할 생각이었다."

"그, 그렇습니까?"

지영필은 고등학교 때 김철수에게 호되게 당한 적이 있어서인지 자연 몸이 움츠려들었다.

마치 파블로프의 개와 비슷한 증상이었다.

"요즘은 착하게 살고 있지?"

"그럼요!"

'착하게 사는 게 조폭 질이냐?'

물론, 물어볼 것이 있었기에 속으로만 중얼거려야 했다.

"한데 요즘 이곳 분위기가 많이 바뀌었나 보네. 얼핏 듣기론 아가씨들이 말을 안 듣는 것 같은데……?"

"독하게들 안 듣죠. 성질 같아선 그냥……. 흠흠! 어쨌든 여기 주인 양반이 아가씨들의 자유를 보장해 주니 저흰들 어쩌겠습니까."

"자유를 보장해준다고?"

"네. 출근하고 싶으면 하고, 말고 싶으면 안 해도 돼요. 원래는 몸이 안 좋은 애들만 그렇게 하도록 했는데 아가씨들 수가 늘면서 지금은 자유예요."

"참 희한하군. 그래서 영업이 되나?"

"더 잘돼요. 소문이 나서 아가씨들이 찾아온다니까요. 방학 동안 아르바이트 하러 온 대학생들도 무지 많아요."

지영필은 묻지도 않은 얘기까지 술술 뱉는다.

"너희들이 아가씨 관리하기 힘들겠네."

"전화하는 거 빼면 괜찮아요. 여기 사장이 용돈을 두둑이 주거든요."

"그래?"

"사장님이 주시는 거 하고, 여기서 받는 것까지 하면 몇 년 안에 제 가게도 열 수 있는 걸요."

"여기 사장이 진명환 사장은 아닌 것 같은데 도대체 누구야?"

"저도 얼굴 본 적이 없어요. 다만 이름이 위준이었던… 헙! 방금 전 아무 말도 안했습니다."

"위준?"

"저, 바, 바빠서 가봐야 해요. 절대 제가 말한 거 아닙니다."

말하다 자신의 입을 막은 지영필은 주변을 살핀다.

그리고 아무도 없음을 확인하고 잠시 안도의 한숨을 쉬더니 인사를 하는 둥 마는 둥 재빨리 플레져 빌딩 안으로 들어가 버린다.

김철수는 지영필과의 대화에서 얻은 것이 많았다. 그중 가장 중요한 것은 '위준'이라는 이름이었다.

위준에 대해서는 특별 수사본부에서 수사과정에서 몇 번 언급이 된 인물이었다.

하지만 소문의 근원지가 삼영파와 강동의 불곰파—당시엔 철용파—에서 흘러나왔다는 것과 실체를 본 사람이 거의 없다는 점 때문에 두 조직이 조직을 강화하기 위해 일부러 소문을 냈다는 의견이 힘을 얻으며 흐지부지되어 버렸었다.

"박무찬, 네가 위준이냐? 아님 네 말처럼 다른 누군가가 있는 것이냐."

수첩을 꺼내 박무찬 옆에 위준이라는 글을 적고는 김철수는 그 자리에서 서서 깊은 생각에 빠진다.

그는 찬구파에 일어난 일들을 떠올렸다.

조직의 2인자라는 손학주가 살해당하면서 찬구파의 저주가 시작된다.

3인자인 장춘길은 갑자기 심장마비로 죽었고, 4인자인 성준태는 교통사고로 죽었다.

그리고 한참 조직에서 떠오르던 금필영은 실종되었다. 심지어 두목이었던 정찬구마저 자살을 했다.

이후 진명환, 임종길, 송민수가 찬구파를 삼등분하며 전면에 나섰다.

가장 이익을 보는 자가 범인이라고 했던가?

당연 그들을 대상으로 강도 높은 수사가 이어졌다.

하지만 그들에게서 어떠한 합의점도 발견할 수 없었다.

물론, '세 사람과 누군가와 손을 잡았다'는 가설로 조사를 진행한 수사관들도 있었다.

그러나 장춘길이 심장마비로 죽고, 성준태가 교통사고로 죽고, 정찬구가 자살했다는 명백하게 밝혀진 진실 앞에서 더 이상 수사가 진행이 어려웠다.

위준이라는 이름을 알아낸 김철수의 머릿속도 지금 이 부분에서 꽉 막혀 있었다.

"위준, 넌 초인적인 힘 이외에 어떤 능력을 더 가지고 있는 거냐? 설마 사람을 마음대로 조절할 수 있는 거야?"

또다시 수첩을 잡고 중얼거리던 김철수는 자신의 생각이 얼마나 황당한지 깨닫고는 피식 웃는다.

"이럴 땐 네티즌의 힘을 이용해야겠지?"

뭔가가 막힐 때마다 요즘 그가 하는 일이었다. 인터넷 공간에 글을 남기면 댓글로 달리는 글에 번뜩이는 아이디어들이 많았다.

죽여야 할 사람이 세 사람이 있어요. 각각 심장마비로, 교통사고로, 자살로 위장해 죽일 방법이 있을까요? 완전 범죄여야 하고 내 흔적을 남기지 말아야 합니다. 소설을 쓰는데 아이디어 부탁드려요.

스마트폰을 이용해 떠듬떠듬 글을 남긴 김철수는 오늘 알게 된 '위준'에 대한 생각을 정리하기 위해서 집으로 향했다.

특별 수사본부를 거치면서 정리가 안 된 정보는 오히려 독이라는 생각을 가지게 된 그였다.

샤워를 마치고 맥주와 먹다 남은 오징어를 냉장고에서 꺼내 소파에 앉은 김철수는 맥주를 마시며 어떤 댓글들이 달렸는지를 확인한다.

[소설이면 그냥 때려 죽여요. 누가 골치 아프게 그런 생각을 해요.]

[ㅋㅋㅋ 윗분 글 공감.]

[나도.]

대부분이 쓸데없는 글이었다. 하지만 눈에 띄는 글이 있었다.

[최면을 이용하면 간단하겠네요.]

[오! 아이디어 좋다. 근데 최면으로 심장마비는 불가능할 듯.]

[최면으로 숨 쉬지 말라고 하면 되지 않을까요? ㅎㅎ]

[그건 질식사죠. 차라리 엄청난 공포를 주면 되지 않을까요? 귀신을 무서워하는 사람에게 귀신에 대한 최면을 걸면 멈출 것 같은데요.]

…….

"최면이라… 가능할 것 같은데."

아는 정신과 의사에게 전화를 하려던 김철수는 시간을 확인하곤 통화버튼을 누르지 못했다.

"내일 확인해 봐야겠다. 시원하군."

시원한 맥주를 마신 그의 얼굴에 서서히 미소가 번졌다. 뭔가 풀려 나가는 느낌에 오늘은 편히 잘 수 있을 것 같았다.

*　　　*　　　*

대양건설 주식은 두 매형에게 반반씩 팔렸다.

일부는 부동산으로, 일부는 현금으로 받았는데 덕분에 8월 중순이 되기 전 내가 목표로 했던 800억의 현찰을 만들 수 있었다. 하지만 아직까진 동진푸드의 주식을 매입하지 않고 있었다.

한 가지 확인할 일이 있었기 때문이다.

8월 14일, 신수호는 한국을 떠났다. 명목상으론 유학을 간 것이지만 살인을 지시한 일이 밝혀질까 두려워 도망을 간 것이다.

그로부터 며칠 뒤, 드디어 기다리던 전화가 왔다.

"누구시죠?"

─신수호 엄마예요. 한번 만났으면 하는데요.

동진푸드의 실질적인 주인인 신수호 모친의 목소리는 딱딱하고 사무적이었다.

"글쎄요 전 생명의 위협을 느끼며 누군가를 보고 싶지 않네요."

기다리던 전화였지만 한 번쯤 튕겨주는 게 예의였다.

—…그 문제를 해결하고 싶어서 만나자는 거예요. 원하는 장소가 있으면 내가 가죠.

"그렇게까지 말한다면 뵙도록 하죠. 미네르바 호텔 커피숍에서 어떠세요?"

—좋아요. 오늘 오후 4시쯤 어때요?

"그럼 그때 뵙죠."

신수호가 나쁜 짓을 한 거지 그의 부모들이 잘못한 것은 아니었다. 하지만 신수호에게 절망을 느끼게 해주기 위해선 그들에게도 피해를 입힐 수밖에 없었다.

난 그들에게 피해를 줘도 된다는 명분이 필요했다.

"수호 엄마예요. 무찬 군인가요?"

부드러운 인상에 40대 초반으로 밖에 보이지 않는 신수호의 모친은 놈과는 달리 여장부의 눈빛을 가지고 있었다.

"네. 반갑게 인사드리지 못함을 이해해 주리라 생각합니다."

"이해해요. 시원한 음료라도 마시며 얘기할까요?"

"그러죠."

웨이터에게 시원한 생과일주스를 주문한 그녀는 잠시 창밖을 보다가 말을 한다.

"수호가 무찬 군에게 하려던 일에 대해 들었어요."

"어떻게 얘기했는지 궁금하네요."

"그저 다혜에게 접근하지 말라는 의미에서 경고를 하고 싶었는데 말을 전하는 과정에서 과격하게 나온 것 같더군요."

"하하……."

예상은 했었다.

자식을 사랑하는 부모들의 내리사랑이 얼마나 끔찍한지에 대해서는 수많은 일화가 있으니까.

다만 묘하게 사건을 변질시키려는 그녀의 말에 헛웃음이 나오는 건 어쩔 수가 없었다.

"신수호는 지금 어디 있죠? 저도 그저 간단한 경고를 해주고 싶군요."

"그 애는 지금 한국에 없어요."

"인터폴이 움직이면 금방 잡히겠죠."

"무찬 군이 착각하는 게 있군요. 수호는 범죄자가 아니에요. 살인교사죄를 말하고 싶은 모양인데 무찬 군은 아무런 피해 없이 살아 있잖아요."

그녀의 말은 맞다. 홍두파에 살인을 교사한 증거는 있지만 난 살아 있다.

그리고 홍두파에서 어떤 행동을 했다는 증거가 없다면 아까 언급한 대로 그저 경고에 불과했다고 법정에서 판단할 가능성이 높았다.

난 생과일주스를 한 모금 마시고 '쾅' 소리가 날 정도로 테이블에 내려놓았다. 그리고 손아귀에 살짝 힘을 주었다.

파직!

유리잔은 산산이 부서지며 내용물을 토해낸다.

"착각하는 건 당신입니다. 신수호는 5년 전에도 찬구파의 정찬구에게 살인을 교사했죠. 내가 납치되어 4년간 어떤 고통을 겪은 상상도 못할 거예요."

"……."

신수호의 모친인 안영지의 눈빛이 처음으로 흔들린다.

하지만 그것도 잠시, 금세 본래대로 돌아와 침착하게 말을 잇는다.

"왜 그렇게 생각하는지 모르지만 수호가 그랬을 리가 없어요. 그 앤 고등학교 때 그저 공부밖에 몰랐어요. 무찬 군의 일은 안타까운 일이긴 하지만 실수 한 번에 모든 일을 수호가 저질렀다고는 생각 말아요."

"그럼, 이걸 들어보시죠."

난 미네르바 호텔 옥상에서 정찬구가 고백하는 음성이 담긴 파일을 실행시켰다. 그에게 자살을 명령하기 전에 녹음시켜둔 것이다.

─…자네를 죽여 달라고 부탁한 건 신수호였어. 오랫동안 홍산그룹에서 일했기에 고등학생인 신수호의 부탁이었지만

거절하지 못했지. 나, 난 아냐. 모두 신수호가 시킨 일이라니까!

정찬구의 음성을 들은 안영지의 안색은 급격히 창백하게 바뀐다.

이 일에 대해선 신수호에게 듣지 못했을 테니 충격이 상당할 것이다.

"정찬구 이 사람도 자살해 버렸으니 이 녹음파일로는 신수호를 감옥에 넣기엔 부족하겠죠."

"……."

"하지만 홍구파와 통화내용이 더해진다면 법원도 달리 생각할 수 있을 겁니다."

"…그, 그래도 수호가 유죄를 받을 가능성은 없어요."

그녀의 목소리는 가늘게 떨리고 있었다.

"아무래도 그렇겠죠. 하지만 전 언론 플레이든 뭐든 할 수 있는 일은 모두 할 겁니다. 법정에서는 무죄를 받게 되더라도 국민 모든 사람들이 신수호를 욕하고 손가락질하게 만드는 것만으로도 충분히 복수가 될 것 같군요."

"단지 추측만으로 그렇게…"

"저에겐 확신이죠. 실컷 패주고 '잊을까도' 생각했지만 외국으로 도망가 버렸으니 그마저도 힘들겠네요. 내일 경찰서로 갈 수밖에요."

채찍을 췄으면 이제 당근을 줄 차례, 난 거래를 할 수도 있다는 약간의 여지를 주는 말을 했다.

"……."

안영지는 앞에 놓인 커피를 마시며 생각을 정리하는 듯했다.

한참을 들고 입에 댔다 뗐다를 반복하던 그녀는 정리를 마쳤는지 조용히 테이블에 잔을 놓는다.

"잊을 수 없는 일이라면 무찬 군의 말처럼 지루한 법정 싸움까지 가야겠죠. 하지만… 잊을 수 있는 일이라면 가급적 조용히 해결하고 싶군요."

"참으로 힘든 기억이라 쉽게 잊을 수 있을까 걱정이군요."

난 비열한 협작꾼처럼 말을 했다. 내 모습에 안영지의 눈과 입이 묘하게 뒤틀린다.

"즐겁게 살다 보면 잊는데 도움이 되겠죠."

"그런가요? 오늘부터 즐겁게 살아야겠군요."

"그러려면 돈이 필요하죠. 내가 드리죠."

"얼마나 주실 수 있죠?"

안영지는 손을 다섯 개 편다.

5억? 50억? 나에 대해 제대로 조사도 해보지 않고 나온 건가?

"5억이라면 그냥 신수호 도피자금으로 주세요. 50억이면 괜찮은 아파트 한 채 값인가요? 그냥 유산으로 받은 건물이라도 하나 팔아서 열심히 놀아야겠어요."

역시 500억을 준다는 얘기는 아니었나 보다. 내가 말을 할 때마다 쫙 폈던 손가락이 조금씩 구부러진다.

"얼마를 원하죠?"

"사건 하나당 1장씩, 백 단위로 2장쯤이면 괜찮겠네요."

200억을 제시했다. 대답은 오래 걸리지 않았다.

"좋아요. 증거물은?"

"당연히 드리죠. 그리고 현금 말고 동진푸드 주식으로 주세요."

"주식으로요?"

"현금이나 무기명채권이 좋기는 하지만 제가 나중에 오리발 내밀면 곤란하시지 않겠어요?"

"철저하군요."

"거래는 깔끔한 게 좋으니까요. 세금은 그쪽에서 해결해 주시겠죠?"

"그러죠."

안영지는 자리에서 일어났다. 더 이상 나와 같이 있고 싶지 않다는 표정이었다.

"내일 사람을 보내죠. 두 번 다시 안 봤으면 좋겠군요."

"걱정 마세요. 또다시 납치되거나 죽고 싶은 생각은 없거든요. 한데 제 예감엔 한 번쯤 더 볼 것 같네요."

"그런 일은 없을 거예요."

이 말을 끝으로 안영지는 커피숍에서 나가 버린다.

"커피 값은 제가 계산하죠."

들을 사람이 없었지만 난 중얼거렸다. 그리고 의자에 머리를 기댄 채 눈을 감았다.

확인은 끝이 났다.

내가 기대하던 장면은 신수호의 잘못을 용서해 달라고 매달리는 안영지의 모습이었다.

하지만 설사 그녀가 그렇게 했다고 하더라도 용서를 했었을까?

아니, 안했을 것이다.

생각으로는 신수호의 부모에게 기회를 주기 위한 만남이었지만 내 행동은 그저 먹이감을 앞에 두고 잠시 장난치는 맹수의 그것과 다를 바 없었다.

눈을 떠 스마트폰을 꺼내 트레이딩 프로그램을 켠 후 동진푸드의 주식을 산다.

─딩동! 거래가 완료되었습니다.

차가운 전자음이 복수의 시작을 알린다.

＊　　　＊　　　＊

8월 첫째 주가 휴가기간으로 한태국과 황선동의 7주간 인턴 기간에서 빠지면서 8월 22일 금요일이 인턴십의 마지막

날이 되었다.

높은 수익률을 얻은 우리는 '억' 소리 나는 성과급을 받았다. 그리고 그날 밤새도록 술을 마시며 힘들었던 인턴십을 끝마쳤다.

주말 동안 마음의 여유가 생겼다.

그래서 경호실장을 만난 뒤로 계속 노력해 왔던 걷기 수련을 좌공화 시키기에 박차를 가했다.

그리고 어젯밤 처음으로 완벽한 좌공으로 밤을 지새웠다.

걷기 수련을 좌공으로 바꾼 것은 꿈과 현실의 중간에서 잠들던 나에겐 큰 의미였다. 기억의 소멸 때문에 소홀히 하던 내공수련 시간이 2~3배로 늘어났고 기억의 소멸이 일어나도 생활에 그리 큰 영향을 미치지 않는다는 것이다.

"오빠가 웬일로 늦잠을 잤어?"

"피곤이 좀 쌓였나 봐."

피곤이 아니라 기억의 소멸이 다시 일어났다.

우유배달원이 지나가는 소리를 들은 후부터의 기억이 없는 걸보니 대략 4시간가량 정신을 잃었나 보다.

"어이, 동생. 잘 잤어?"

"…하루도 빠짐없이 오는군요. 차라리 여기서 살지 그래요?"

"그럴 수야 없지. 하지만 동생이 원한다면……."

"됐거든요. 아침은 먹었어?"

"응. 오늘 봉구 오빠랑 영화 보러 가기로 해서 먼저 먹었어."

"잘했네. 재미있게 놀다 와."

우니가 가면을 쓰고 생활하는 듯한 모습이 항상 마음에 걸렸었다. 하지만 그건 스스로 깨야 하는 벽과 같은 것이었기에 지켜볼 수밖에 없었다.

한데 리봉구가 나타나면서 서서히 그 벽이 깨지고 있었다. 그것이 내가 굳이 리봉구와 우니가 함께 있는 걸 막지 않는 이유이기도 했다.

"할 얘기가 있어."

나가려던 리봉구가 슬며시 옆으로 와 작게 속삭였고 일이 있음을 눈치챈 나도 나지막이 애기했다.

"말하세요."

"조단성이 날 도와줄 추가인원을 보낸대."

"섬 출신인가요?"

"그럴 리가 없지. 난 특이 케이스니까. 베트남 애들 스무 명쯤 올 것 같아."

올해까지만 리봉구로 버텨주길 바랐지만 역시 희망에 불과했다. 휴식을 취하고 있던 머리가 빠르게 돌기 시작한다.

"언제 온대요?"

"9월 중순 쯤, 인천 여객터미널로 들어올 거야."

"알았어요. 다른 정보 들어오면 바로 애기해 줘요."

"그러지."

"즐거운 시간 보내요. 봉구… 형."

"너 방금 뭐라고 그랬냐? 다시 한 번 해봐, 응? 다시 한 번 해봐!"

"시끄러워요! 얼른 나가요."

우니와 봉구 형이 나가고 밥을 먹으며 천외천에서 보낸 이들을 어떻게 처리할 것인가를 고심한다.

예전이었다면 그냥 도착하는 즉시 없애버리면 그뿐이지만 고려해야 할 것들이 하나둘씩 늘다 보니 자연 생각이 길어진다.

부우우우우웅! 부우웅!

무소음으로 놔둔 스마트폰이 울리며 생각을 깨운다.

"여보세요?"

─무찬아, 종혁이 형이다.

"어, 종혁이 형 웬일이세요?"

─할 말이 있어서 그런데 지금 학교로 올 수 있냐?

"어디에 계세요? 지금 갈게요."

─경영대 사무실로 와.

송종혁은 3학년으로 현 경영대학 회장을 맡고 있었다. 올해 말에 있는 대한대학교 학생회장에 출마를 위해 방학 내내 참모진과 2학기에 있을 선거를 준비하고 있었다.

"안녕하세요."

"어서 와라."

사무실은 술이 발효된 냄새와 담배 냄새가 합쳐져 오묘한 향기로 가득했다. 양손이 부족할 정도 사온 술과 먹을거리를 한쪽에 놓고 인사를 했다.

모두 경영대학 선배들로 모르는 얼굴은 없었다.

"정진증권에 가서 돈 많이 벌었다더니 예의가 조금 있네."

"하하. 이모네 집에 예약도 해뒀어요. 마음껏 드세요."

"방금 한 말 취소다. 예의가 아주 넘친다. 하하하!"

"쓸데없는 소리 그만하고 무찬인 나랑 얘기 좀 하자. 급한 일이다."

송종혁은 나를 끌고 구석으로 가 다짜고짜 말을 꺼낸다.

"너 교환학생 프로그램 알지?"

"네."

교환학생 프로그램은 대한대학교 학생들은 외국학교로, 외국학교 학생들은 대한대학교로 오가는 프로그램으로 매년 100여 명이 선발되었다.

1학년은 교환학생 프로그램에서 제외되기 때문에 실제로는 아무 관계가 없었지만 유학생들의 홈스테이를 책임져 줄 인원은 뽑았다.

"착오가 있었는지 우리 경영대학에 한 명이 갑자기 늘었어."

"헐, 제가 기억하기론 지금 학생들이 들어올 때가 된 것 같

은데?'

"어제 들어왔어. 그래서 지금 한 학생만 호텔에서 머물고
있어."

"어디에서 온 학생이에요?"

"미국."

홈스테이를 신청했던 1학년 학우들은 총 4명, 그중 2명은
됐지만 2명은 안 됐었다. 난 안 된 두 사람에게 연락하려고
전화기를 꺼내다 '미국'이라는 말에 멈춰야 했다.

홈스테이를 신청하는 가장 큰 이유가 어학에 있었다. 한국
말을 가르치면서 덤으로 상대편의 언어를 배울 수 있다는 것
이 홈스테이의 장점이다.

그런 면에서 영어권 유학생들은 대한대학교에선 인기가
없었다. 수업 자체가 영어로 이루어지는 경영대학인만큼 영
어가 부족한 친구들은 없었다.

요즘은 오히려 중국 유학생이 인기였다.

"홈스테이를 꼭 해야 한대요?"

"응. 한국은 처음이라 불안한가 봐."

"그럼, 제가 신청했던 애들한테…"

"벌써 해봤어. 싫대."

송종혁의 말투와 눈빛이 갑자기 부담스러워졌다.

설마 나보고 맡으라고 하는 소리를 하는 건 아니겠지?

"개학 전까지만 맡아주라. 그동안 내가 꼭 찾으마."

"동생과 둘만 지내는데요. 전 괜찮은데 여동생이 아무래도……."

일주일간 만이라고 하지만 끝까지 갈 수도 있었다. 무엇보다도 지금도 충분히 생각해야 할 사람이 많았다. 더 이상은 사절이다.

그래서 우니 핑계를 대며 거절하려 했다.

"잘됐네."

"엥?"

"유학생이 여자거든."

"……."

설마 남자에게 여자 유학생을 부탁할 줄은 꿈에도 몰랐다. 난 당연히 남자라고 생각했다. 하지만 그 생각이 날 옭맬 줄이야.

"일주일만 부탁한다. 무찬아, 나 좀 살려주라."

"…진짜 일주일만이에요."

"다, 당연하지. 여기 유학생이 있는 호텔이다."

말 더듬지 마세요!

"지금 기다리고 있을 테니 빨리 가봐라. 사온 건 잘 먹을게."

등을 떠미는 송종혁.

정신을 차리고 보니 유학생의 머무는 호텔 이름이 적힌 쪽지를 들고 경영대 사무실 밖에 서 있다.

"젠장!"
쪽지를 와락 구겼다.

유학생이라는 짐을 떠안은 날이다.

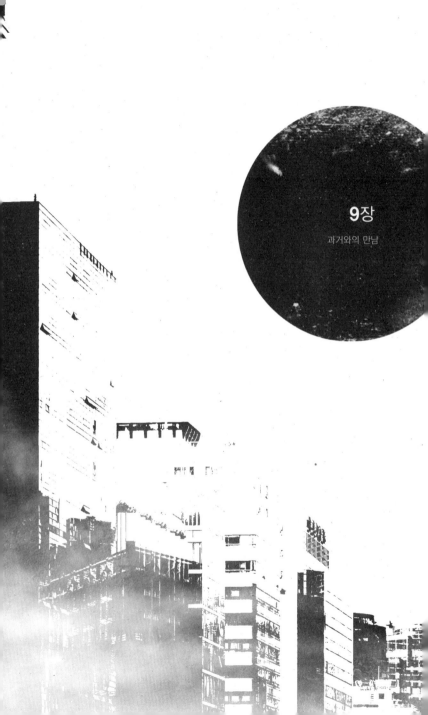

9장

과거와의 만남

유학생이 있다는 호텔에 도착해 카운트에 왔음을 알렸다.

"일단 올라오시라는데요."

"네……. 어디죠?"

앞으로 신세질 사람에게 오라 가라 하는 건 어디서 배운 버릇인지 모르겠다.

하지만 학교 측 실수로 호텔비를 낭비하게 된 유학생의 작은 복수라고 생각하기로 했다.

"로열 스위트룸에 계십니다."

홈스테이를 하겠다는 유학생이 로열 스위트룸에 있다고?

지나가는 개가 웃을 얘기다.

하룻밤에 세금, 봉사료까지 하면 하룻밤에 1,000만 원쯤 하는 곳이 로열 스위트룸이었다.

별 거지 같은 X라고 욕을 하며 꼭대기 층 버튼을 눌렀다.

'어쭈구리, 경호원까지. 정말 가지가지 한다.'

그냥 호텔에 머물면서 유학생활을 하는 편이 어떠냐고 한 마디 해줘야겠다.

"실례지만 검문 좀 하겠습니다."

"그러세요."

흑형과 백형으로 이루어진 경호원은 내 몸을 더듬는다. 하지만 거기에 신경을 쓸 여유가 없었다.

안에 두 사람이 있는데 그중 한 명에게서 느껴지는 기운은 몹시도 친숙하고 그리운 기운이었다.

"들어가시죠."

문을 열어주는 경호원에게 가볍게 인사를 하고 들어가는 내 심장은 마치 전투를 벌인 다음처럼 심하게 쿵쾅거리고 있었다.

메이드 복장을 한 외국 여성에게 차를 건네받고 있던 긴 검은색 머리와 파란 눈동자의 아가씨는 나를 보자 부드러운 미소를 짓는다.

하나의 얼굴이 떠올랐다.

섬에 들어온 지 얼마 되지 않아 눈망울이 두려움과 슬픔으로 가득했던 여자.

기품이 있어 보이는 지금과는 분위기가 달랐지만 그녀가 맞았다.

"…제시?"

"위즈 맞죠?"

"제시 맞구나!"

난 제시를 와락 안았다.

고 선생님이 죽어가는 모습을 본 난 정신을 잃었다. 그리고 깨어났을 땐 섬은 엉망진창이었고 살아 있는 기운은 어디에도 찾을 수가 없었다.

그리고 때마침 섬의 변고를 살피러 온 순시선을 뺏어 타고 섬을 탈출한 것이다.

모두가 죽을 줄로만 알았는데…….

"다행이다, 정말 다행이다."

"위즈가 살아 있어 나도 기뻐요."

"아, 미안."

포옹이 인사였지만 너무 오랫동안 꼭 껴안는 것은 실례였다. 그리고 나는 기쁠지 모르지만 제시에게는 아픔일 수도 있었고, 나에게 원한이 생길 수도 있는 일이었다.

다행히 제시는 괜찮다며 웃어 보인다.

"어떻게 된 거야?"

섬에서 어떻게 살아남았는지, 이곳엔 어떤 일로 왔는지, 그동안 어떻게 살아왔는지. 많은 의미가 담긴 질문이었다.

"앉아서 얘기해요."

"그러자."

자리에 앉자 메이드는 차를 갖다 줬고, 제시의 손짓에 다른 방으로 물러난다.

"섬에선 어떻게 탈출한 거야? 난 모두 죽었다고 생각하고 순시선을 타고 탈출했거든."

"전투가 있던 날 섬에 이상이 생겼다는 걸 디오나 언니가 눈치를 챘어요. 그래서 모두 은밀한 장소에 숨어 있었어요."

"그랬구나. 한데 디오나가 누구지?"

디오나 캐플러. 미국 CIA감시자 로버트 무어를 나에게 붙인 여자.

처음 이름을 들었을 때 누구인지 궁금했었다. 모르는 사람임에도 왠지 모를 친근함이 느껴져 잘못된 정보를 건네고 로버트 무어의 기억만 지우고 보냈었다.

한데 그 이름이 제시에게 나온 것이다.

"요즘 디오나라고 불렀더니……. 디오네 언니요. 섬에서 디오네이아라고도 불리었었잖아요."

디오네? 디오네이아?

역시 기억에 없다.

그런데 이름을 듣는 순간 너무나 이 애타게 그립고 보고 싶다는 마음은 뭐지?

"기억이 안나."

"말도 안 돼요! 위즈랑 가장 친했던 사이였는데……."

마치 둔기로 머리를 맞은 것처럼 띵해졌다.

'어째서 지금까지 생각을 못한 거지?

지금까지 단 한 번도 의심하거나 생각해 본 적이 없던 나의 섬 탈출기는 말도 안 되게 엉성했다.

당시의 기억을 더듬는다.

전투에서 상대편을 죽이고… 기억이 없다. 그리고 갑자기 고 선생님이 죽어가는 장면이 나온다. 그리고… 다시 기억이 없다.

그저 정신을 잃었다고 생각했는데 그마저도 말도 안 된다.

내가 정신을 잃고 섬의 모든 이들이 갈가리 찢기듯 죽었다.

누구에게? 클로버에게?

그가 과연 내가 기절을 하고 있다고 해서 살려줬을까?

나라고 해도 죽은 척하는 이들의 심장을 몇 번씩 찔렀을 것이다.

이외에도 주변에 흩어져 있던 시체들을 보고 섬에 모든 이들이 죽었다고 생각한 것도 이상하다.

기억의 소멸은 수련 시간뿐만 아니라 과거의 기억에도 영향을 미치는 게 아닐까 생각해 봤지만 구차한 변명처럼 느껴진다.

"탈출하면서 머리가 이상해졌나 봐. 디오네… 는 어디에 있어? 그녀를 보면 기억이 날 것 같은데."

"할 일이 있어 미국에 머무르고 있어요. 올 4월에 디오네 언니랑 위즈를 보기 위해 한국에 왔는데 정보가 잘못돼서 이번에 다시 알아보고 온 거예요."

"미안. 난 제시가 찾는 줄도 모르고 최면을 걸어 기억을 지워버렸거든."

"호호! 언니가 무찬이라는 사람을 보더니 꽤 황당해했어요. 그러다 위즈의 솜씨가 분명하다고 그때 살아 있음을 확신했죠."

디오네는 제시의 말처럼 나에 대해 꽤 많이 알고 있어보였다.

그런 그녀가 기억이 나지 않다니 이게 무슨 조화인지 모르겠다.

"한데, 탈출해 미국으로 간 모양인데 무슨 조화를 부린 거지?"

제시가 머물고 있는 방을 둘러보며 말하자 내가 묻는 게 무엇인지 알았는지 웃으며 설명한다.

"섬을 탈출해 마다가스카르에서 도착한 우리는 디오네 언니의 능력으로 미국인이 되어 미국으로 향했어요. 그리고……."

설명을 들으며 디오네는 나와 같은 최면 능력을 가지고 있다는 걸 알 수 있었다.

두 사람 그 능력을 이용해 뉴욕에서 생활하는 건 어렵지 않는 일이었다.

지닐 것이 생기고 생활이 편해지자 그들도 나처럼 복수를 생각했다고 한다.

하지만 나와 달리 알 수 없는 인신매매단에게 납치된 두 사람은 섬에서 일어난 전투나 섹스장면을 보던 이들을 벌하기로 마음을 먹었다.

"그런 싸움을 즐기는 사람들은 누굴까 생각해 봤죠. 돈이 많고 격투기를 좋아하는 사람들을 찾다보니 더 많은 돈과 힘이 있어야 한다는 생각을 하게 됐어요. 그래서 디오네 언니는 아담 캐플러와, 난 데이빗 드럼프와 결혼을 하게 됐죠."

디오네가 왜 디오나 캐플러가 된 것인지를 알게 되었다.

"한데 말이죠. 설마 그 두 사람이 '헤븐 격투기'의 열혈 시청자인지는 몰랐어요."

"우리가 죽고 죽이는 걸 헤븐 격투기라고 부른 건가?"

"맞아요. 그걸 보면서 도박도 병행하죠."

공급자인 천외천에 대한 증오야 당연하다.

하지만 헤븐 격투기를 즐기는 수요자들에게도 분노가 끓어오른다.

내 얼굴이 굳는 걸 보고 제시는 말을 이었다.

"위즈처럼 우리도 화가 났죠. 한편으로 그들을 서서히 말려 죽이는 동시에 비밀리에 헤븐 격투기를 즐기는 이들을 찾아내려 했어요. 아담과 데이빗도 회원들을 짐작만 할 뿐 누구인지는 정확히 모르더군요. 다만 두 사람에게 헤븐을 소개한 조지 페더 상원의원만은 확실했죠."

"말려 죽여?"

"위즈도 알잖아요. 음양교합법으로 정기를 조금씩 빼앗는 거죠. 디오네 언니는 그가 헤븐 격투기의 회원이라는 알고 바로 헬기사고로 죽여 버렸죠. 난 그럴 수가 없어 음양교합법으로 데이빗 드럼프를 올 7월에야 죽일 수 있었죠. 지금은 슬픔에 한국에 교환학생으로 온 미망인이죠. 호호!'

제시는 미망인이란 말을 썼지만 전혀 슬퍼 보이지 않았다.

섬에서 지낸 기간이 한 달에 불과한 그녀는 같이 지내다시피 하는 디오네의 영향이었는지 눈빛은 나 못지않았다.

그리고 음양교합법을 공격법으로 사용하는 건 디아의 필살기……

디아?

디오네의 이름을 난 왜 난 디아라고 떠올린 거지?

무의식중에는 떠올랐지만 생각하려 하자 다시 머리만 아파온다.

"난 위즈가 한국인일 거라곤 생각도 못했어요."

"훗! 중국인인줄 알았어? 그리고 이제 말 편하게 해. 이곳은 섬도 아니잖아."

"호호! 그럴까? 언니에게 들었어, 나랑 나이가 비슷하다고. 그땐 사실 너무 무서워서 네가 나이가 많고 이름으로 시양인인줄 알았어."

"이거 괜스레 미안해지는데."

"그, 그런 의미가 아냐. 그때 날 위해 많을 것을 해줬다고 언니가 그랬어."

"그렇다면 다행이고. 하하!"

내가 지금까지—TV까지 포함해서—본 여자 중에 가장 아름답고 섹시해 보이는 여자는 단연 제시였다. 미안해 하는 표정을 지으니 내 심장이 움찔거릴 정도로 지켜주고 싶어지게 만든다.

하지만 성적인 마음은 아니었다.

같은 기억을 공유하고 있는 동료라는 생각이 그녀를 보면서 편안하게 웃음을 짓게 만든다.

마치 오래된 친구를 만난 것처럼 이런저런 얘기를 나눈다.

하지만 섬의 얘기는 타부처럼 가급적 피하게 된다.

"보면 기억이 날 것 같은데 디오네는 언제쯤 온다고 했어?"

"난 명목상 교환학생이라 일찍 왔고 언니는 한 가지 일을 해결하고 온다고 했어. 다음 주면 올 거야."

"무슨 일?"

"이번 주에 조지 페더 상원의원을 죽일 기회가 생겼다고 했거든."

"…조지 페더를 죽인다?"

불안한 마음이 들었다.

나라는 존재를 중화회에 통해 천외천이 알았다고 생각했었다. 그때 봉구 형이 처음으로 한국에 보냈으니까 말이다.

하지만 달리 생각해 보면 섬에서 탈출자가 발생했는데 그들이 몰랐을까?

천외천의 세력이 가장 많은 곳이 중국이고, 그 다음이 미국이다.

조지 페더가 천외천의 우호인사로 헤븐 격투기를 소개한다면 과연 그가 혼자 다닐까?

아니 분명 그를 경호하는 사람들이 있을 것이다.

물론 조지 페더를 죽이는 걸 걱정하는 건 아니다. 죽인 다음 디오네는 분명 천외천의 타깃이 될 것이다.

"혹시 제시는 천외천을 알아?"

"아니, 처음 듣는 얘긴데. 천외천이 뭐야?"

"우리가 있던 섬과 헤븐을 만든 놈들이지."

"그놈이 천외천이야?"

제시의 얼굴은 얼음의 여왕처럼 차갑게 가라앉는다.

"응. 한데 지금 그게 중요한 게 아냐. 아무래도 디오네가 위험할 것 같아."

"천외천이 언니가 위험할 정도로 강한 세력이야?"

"아마도. 예감이 좋지 않아."

"당장 전화해서 취소시켜야겠어."

디오네에게 전화를 했지만 받지 않는지 제시의 얼굴은 서서히 굳어진다.

지금 시간 월요일 오전 11시 50분, 뉴욕은 일요일 오후 10시 50분.

"자나 보지. 아직 시간 있으니 천천히 연락해."

"그래, 디오네 언니… 일이라 아무래도 민감했나 봐."

똑똑똑!

다소 어색한 웃음을 짓던 제시는 노크 소리에 표정이 확 달라졌다.

"들어와요."

미약하지만 남자의 영혼을 잠식하는 요녀의 얼굴과 말투가 나온다.

교환학생으로 오면서 몇 명이나 데려온 건지 모르겠다.

들어온 사람은 경호원이 아닌 말쑥한 중년의 백인 남성이었다. 그가 제시를 바라보는 눈빛에는 존경심과 경외감이 있었고 깊숙한 곳에 사랑, 정복욕이 이글거리고 있었다.

제시의 능력에 영혼이 잠식되어가고 있다는 증거였다.

그는 나를 의식한 듯 조용한 목소리로 제시의 귀에 용건을 속삭인다.

"제시카 사모님. 제인이 같이 점심을 먹자고 로비에 와 있습니다."

"지금은 중요한 사람을 만나는 중이에요. 그리고 이미 디오나 언니가 그녀의 요구를 들어줄 수 없다고 말하지 않았나요?"

"그렇게 전달했지만 워낙 고집이 세서……."

"맥, 지금은 임시이긴 하지만 이제 곧 당신이 드럼프그룹의 정식 회장이에요. 당신이 확실히 말해요."

"알겠습니다. 미지그룹의 서 회장에게 직접 거절의사를 밝히겠습니다."

"그래줘요."

두 사람의 대화에 낄 생각이 없었다. 하지만 미지그룹이라는 이름과 드럼프그룹이라는 이름을 듣는 순간 그럴 수가 없었다.

머릿속에 '서미혜'가 하던 일이 떠올랐다.

"잠깐만, 제시… 카. 혹시 찾아왔다는 여자가 미지그룹의 서미혜 씨 아냐?"

"맞아. 위즈가 아는 사이인 거야?"

"응, 친한 누나야. 네 남편이 데이빗이라는 말을 들었을 땐 몰랐는데 설마 드럼프그룹의 회장이었어?"

"맞아. 디오나 언니는 캐플러투자그룹의 회장이고."

세상을 지배하는 남자를 지배하는 건 여자라더니……. 이 두 여자가 나보다 훨씬 더 세상 살아가는 법을 안다.

서미혜와 만났을 때 그녀가 하던 일이 드럼프그룹이 캐플러투자그룹을 위해 만든 트레이딩 프로그램의 정식 사용권을 얻는 일이었다.

투자그룹마다 자체개발한 트레이딩 프로그램을 사용했는데 캐플러투자그룹의 프로그램은 세계적으로 유명했다.

"혹시 서미혜 누나가 원하는 일 한번만 더 긍정적으로 생각해 보면 안 될까?"

"그건 전적으로 캐플러투자그룹이 결정할 일이니 디오나 언니에게 말하면 될 거야. 맥, 방금 얘기한 건 기다려 줘요. 그리고 서미혜 씨에게 이쪽으로 올라오라고 얘기해 줘요. 이곳에서 같이 식사를 하죠."

"알겠습니다."

맥이 나가자 제시카는 방긋 웃으며 얘기한다.

"괜찮지?"

"고마워."

"네가 그때 준 초콜릿에 대한 보답이야."

처음 그녀와 관계를 맺었을 때, 울고 있는 그녀에게 내가 해줄 수 있는 건 승자에게 간혹 지급되는 초콜릿이었다.

위급한 상황을 위해 보관하고 있던 반쯤 녹은 그것이 마음에 남아 있었나 보다.

"다 녹아버린 초콜릿의 대가치고는 큰데."

"오히려 부족하지."

환하게 웃으며 말하는 그녀의 마음씀씀이가 고마웠다.

*   *   *

서미혜는 제시카의 경호원이 열어주는 문을 보고 잠시 생각에 빠진다.

트레이딩 프로그램을 얻기 위해 1년 6개월간 고생했지만 사실상 실패였다.

데이빗 드럼프를 무작정 찾아갔지만 10시간을 넘게 기다리다 만나보지도 못하고 쫓겨날 판이었다. 그때 기다리는 자신이 딱해 보였는지 같이 식사를 하며 얘기할 기회를 준 것이 제시카 드럼프였다.

물론 실패였지만 그녀에게 고마움을 느낄 수밖에 없었다.

만일 드럼프그룹의 미망인인 그녀가 한국에 오지 않았다면 그녀 아버지의 말에 따라 포기를 했을 것이다.

어제 그녀가 이곳에 왔다는 얘기를 듣고 마지막 기회라 생각하고 약속도 잡지 않고 무작정 온 것이다.

제시카 드럼프가 예의에 어긋난 자신의 행동에도 식사를 허락했다 것에 작은 기대를 걸어본다.

서미혜는 그녀를 위해 사온 선물을 손에 꼭 쥔 채 크게 숨을 쉰 후 안으로 들어갔다.

"미세스 드럼프. 초대해 줘서 고마워요."

"제인, 다시 만나 반가워요."

서미혜는 유창한 영어로 정중하게 인사를 했고, 제시카는 그녀의 미국식 이름을 부르며 처음 봤을 때보다 더 환한 얼굴로 그녀를 맞이한다.

한데 서미혜의 눈은 제시카의 뒤에 있는 낯익은 남자에게 자연스레 눈이 돌아간다.

"박무찬?"

분명 보고 싶어 하던 그였지만 만난 장소가 장소인만큼 정말 그인지를 묻게 된다.

"미혜 누나, 안녕."

"무찬이랑 만나고 있어서 거절하려고 했는데 친한 누나라고 해서 같이 식사를 해도 좋을 것 같아 불렀어요."

"…네, 고마워요."

웃고 있는 박무찬을 향해 어떻게 된 일인지 설명하라고 눈빛을 보낸다. 그녀의 얼굴에 피식 웃던 그는 설명을 한다.

"제시카는 어린 시절 알게 된 친구야. 우연인지 우리 학교에 교환학생으로 오게 되어서 만나게 된 거야."

"맞아요, 꽤 친한 친구죠."

제시카가 박무찬과 친하다는 걸 보여주는 듯 그의 몸에 가볍게 기대는 모습에 자신도 모르게 살짝 인상을 쓰는 서미혜.

하지만 지금은 그저 어리둥절할 뿐이었다.

"앉으세요. 지금 점심을 뭘 주문할까 고민하고 있었어요."

"…여긴 해산물 요리가 좋아요. 러시아산 대게나 랍스타를 시키면 후회하지 않을 거예요."

"그럼, 전 랍스타로 하죠. 무찬은?"

"나도. 게는 별로야."

"호호호! 디오나 언니도 게는 싫어해."

'디오나라면 디오나 캐플러를 말하는 것 같은데 무찬이 그녀도 안단 말인가?'

두 사람의 대화를 듣는 서미혜는 그들이 친하다는 얘기가 거짓이 아니라고 느껴졌다. 그래서 다시 한 번 무찬을 보게 된다.

"누난 뭐 먹을래?"

"으응, 나도 랍스타로 할래."

조금 떨어진 곳에 서 있던 메이드가 랍스타에 어울리는 와인과 함께 음식을 시켰다.

그리고 서미혜는 당황했던 마음을 진정시키고 여기 온 목적을 꺼낼 타이밍이 언제가 좋을지 고민한다.

"미국에서 일, 항상 고마워하고 있어요, 미세스 드럼프."

"제시카라 불러주세요. 그리고 그때는 그저 식사에 불과했으니 신경 쓰지 마세요. 원하던 것도 얻지 못했잖아요."

"아뇨. 그때 말할 기회를 얻은 것만으로도 충분히 만족했어요."

"호호. 그때 당신을 봤을 때 호감이 가더군요. 한데 오늘 그 이유를 알았어요."

제시카는 짓궂은 표정으로 박무찬을 보았고, 그는 어깨를 으쓱할 뿐이다.

영문을 모르는 서미혜는 어색한 미소를 짓다 가지고 온 선물을 전달했다.

"한국의 전통 물건들이에요. 마음에 들었으면 좋겠어요."

"어머! 너무 고와요."

나전칠기 보석함 안에는 한국 전통의 노리개, 비녀, 부채 등 아기자기한 물건들이 들어 있었다.

제시카는 선물을 하나하나 살펴보며 눈을 동그랗게 뜨고 좋아라 한다.

"마음에 쏙 들어요. 한데 이건 뭐예요."

"노리개라고 한복에 악세사리로 사용하는 물건이에요."

두 여자는 선물에 대해 식사가 도착할 때까지 얘기를 한다.

"오늘 온 이유는 역시 그때의 일 때문이죠?"

랍스타에 와인을 먹으며 얘기를 먼저 꺼낸 건 제시카였다.

서미혜는 와인으로 입을 헹구고 대답했다.

"맞아요. 슬픈 일을 당한 당신에게 이런 말을 하는 내 자신이 싫지만 그만큼 절실하다고 생각해 주면 고맙겠어요."

"그 절실함이 무엇이죠?"

"……"

서미혜는 잠깐 망설인다.

그녀가 이 일에 미친 듯이 매달린 이유는 자유를 찾기 위한 것이었다.

미지그룹은 금융을 새로운 주력사업으로 목표로 정했고, 그 목표를 이루기 위한 하나가 미지증권이 가지지 못한 인프라를 가진 홍산증권의 흡수였다.

그 인프라에서 가장 중요한 것이 트레이딩 프로그램이다.

우리나라에도 트레이딩 프로그램은 많고 개발사도 많지만 홍산증권이 가장 앞선다는 평가를 받고 있었다.

하지만 월 스트리트와 비교한다면 한참 부족하다.

월 스트리트 주변에서는 HFT(High Frequency Trading)이라고 통칭해서 부르는데 대부분의 투자사들이 자체적으로 프로그램을 개발해 사용하고 있다.

이 HFT를 이용한 거래는 미 증시 총 거래량의 70%이상을 차지할 만큼 방대한 규모로 늘어난 상태였다.

특히 캐플러투자그룹의 HFT트레이딩을 통한 순수익이 작년만 30억 달러가 넘었다.

각설하고 미지그룹이 캐플러투자그룹이 사용하는 프로그램을 사용할 수 있게 된다면 굳이 홍산증권의 흡수합병이 필요가 없어진다.

남들의 시선이 있어 결혼한 지 얼마 되지 않아 바로 이혼을 할 수는 없었지만 1~2년 안에는 자유를 얻을 수 있었다.

"곤란하면 얘기하지 않아도 돼요."

"아뇨. 너무 긴 얘기라 어떻게 말을 해야 할까 고민하고 있었어요. 간단히 말하자면 선택권이 없는 삶에서 사랑하는 사람이라도 원하는 대로 선택하고 싶어서 하는 발악이죠."

서미혜의 눈은 박무찬을 향하고 있었다.

하지만 말을 하는 그녀의 얼굴은 조금 슬퍼 보인다.

자유를 얻게 되어도 과거의 사랑이 다시 돌아오진 않을 거라는 사실을 그녀도 알고 있었다.

"무슨 말인지 모르겠어요. 하지만 절실함은 느껴지네요. 캐플러투자그룹과 얘기를 해봐야 정확히 말할 수 있지만 미혜 씨의 제안은 긍정적으로 검토해 보죠."

"저, 정말인가요?"

서미혜는 원하는 답을 들었지만 믿어지지 않았다.

"결정권은 물론 디오나 캐플러 회장에게 있어요. 저도 돕겠지만 언니가 거절하면 저도 어쩔 수 없어요."

"말만이라도 기뻐요. 감사해요……."

아직 결정 난 일이 아니었지만 서미혜는 제시카만 없었다면 고함을 지르며 춤이라도 추고 싶은 심정이었다.

흥분되는 마음을 진정시키며 차분히 말하려 했지만 말은 가늘게 떨리고 있었다.

"축하해요, 누나."

"축하는 무슨……. 아직 결정난 것도 아닌데."

"잘 되겠지."

"응! 그러길 바랄 뿐이야."

"호호! 저도 잘 되길 바랄게요. 자 이제 기쁜 마음으로 식사를 마저 할까요?"

좀 전보다 훨씬 더 화기애애한 분위기로 식사는 끝이 났고, 후식까지 먹은 후에야 서미혜는 자리에서 일어났다.

"두 사람의 만남을 방해한 것 같아 미안해요."

"전혀요. 개의치 말아요."

"다음엔 제가 꼭 식사를 대접할게요."

"기대하죠. 그리고 디오나 언니에게 답을 듣게 되면 바로 연락을 드릴게요."

"잘 부탁드려요."

서미혜는 두 사람에게 인사를 하고 밖으로 나왔다. 그런 그녀의 뒤에 박무찬이 따라 나온다.

"엘리베이터까지 마중해야지 예의죠."

"피~ 그래, 고맙다."

서미혜와 박무찬은 엘리베이트까지 천천히 걷는다.

"왠지 너 때문에 오늘 잘된 것 같은데 착각인가?"

"당연 착각이죠. 누나라면 어린 시절 친구라고 그런 엄청난 일을 재검토하겠어요?"

"글쎄? 어떤 친구냐에 따라 다르지."

"전 그리 중요한 친구는 아녜요."

"나에겐 안 그래."

"……."

엘리베이터 버튼을 누르고 마주한 두 사람 사이에 잠깐 어색함이 흐른다.

하지만 박무찬이 활짝 웃자, 서미혜도 따라 활짝 웃는다.

두 사람은 가볍게 포옹을 했고, 엘리베이터 문이 열리자 서미혜는 몸을 싣는다.

"담에 봐요, 누나."

"그래."

문이 닫히자 웃고 있던 서미혜의 얼굴은 서서히 슬퍼진다.

그러다 거울에 보이는 자신의 얼굴을 본 그녀는 다시 힘을 내 입꼬리를 올려 웃는 얼굴을 만든다.

"쳇! 역시 시간이 약인가? 이제 눈물은 나지 않네."

그와 완전히 헤어졌다고 생각하는 순간부터 남몰래 많이 울었던 그녀였다.

하지만 세상은 사랑 말고도 할 것이 많았다.

일에 쫓기고, 생활에 쫓기다 보니 차츰 기억은 추억으로 향한다.

로비에 도착한 엘리베이터 문이 열리자 그녀는 힘차게 발을 내딛는다.

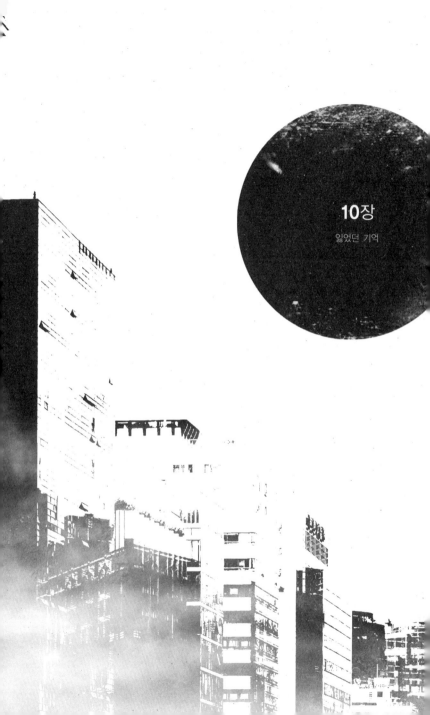

10장

잊었던 기억

　제시카를 하루 더 호텔에 묵게 한 후 집으로 돌아온 난 그녀와 며칠 후에 도착할 디오네를 위해 집을 정리해야 했다.

　총 7개의 방이 있는데 부모님의 자취가 남겨져 있는 안방과 서재는 손댈 수가 없었고, 두 개의 방은 손님이 머무는 방이었기에 좁다는 느낌이었다.

　짧게 머물 테지만 두 사람이 머물기에 어울려 보이지 않았기에 결국 두 누나가 사용하던 방을 주기로 마음먹었다.

　세월의 추억이 겹겹이 쌓인 물건들을 박스에 넣어 창고에 갖다 놓고, 옷장에 걸린 오래된 옷들은 수거함에 모조리 버려 버렸다.

늦은 시간까지 놀다온 두 사람까지 손을 더하자 두 방은 곧 붙박이장을 제외하곤 휑했다.

"교환학생인데 굳이 저 큰 방들이 필요해? 작은 방이 더 낫지 않겠어?"

"좁은 곳을 싫어할 사람들이라……."

우니가 꼬치꼬치 캐물었지만 적당히 둘러댔다. 내일이면 알게 될 일을 굳이 가타부타 설명하기 귀찮았다.

"가구는 어떻게 하려고?"

"침대만 있으면 되지 않을까? 오래 머물지는 않을 거야."

"혹시 여자를 들이는 거면 해윤이에게 미리 말하는 게 좋을 거야. 아님 난리날 테니까."

안 그래도 어떤 핑계를 댈까 고민 중이다. 한데 여자라는 건 말하지도 않았는데 어떻게 안 거야?

"자, 내일 손님맞이해야 하니까 이제 쉬자."

난 서둘러 대화를 마무리하고 내 방으로 올라왔다.

제시카는 리봉구는 물론이거니와 우니와 해윤에 대해서도 알고 있었다.

지난번의 감시자를 교훈 삼아 그저 내 주변으로만 조심히 조사를 한 모양이었다.

그녀와 대충 입을 맞춰 해윤이나 우니가 눈치채지 못하게 만들 계획은 세워뒀지만 그놈의 육감이 어떻게 발휘될지 몰라 걱정이다.

아직 이른 시간이었지만 난 문을 잠그고 옷장으로 들어가 가부좌를 하고 살며시 눈을 감았다.

"안녕하세요, 제시카예요."

"…화, 환영해요. 들어오세요."

다음 날, 제시카는 보좌관을 줄이고 줄여 경호원 두 명만을 데리고 우리 집에 도착을 했다.

난 간단히 서로를 소개시켰다.

하지만 우니는 제시카를 보자마자 그녀의 미모에 말을 더듬었고, 나를 바라보는 눈빛이 마치 천하의 죽일 놈을 바라보는 듯하다.

"봉구 씨도 잘 부탁해요."

"무, 물론이죠. 하하하… 컥!"

봉구 형은 제시카를 보며 헤헤거리다 결국 우니에게 팔꿈치 공격을 당한다.

"며칠 동안이지만 잘 부탁드려요."

"저희도 잘 부탁해요."

우니는 웃는 얼굴에 싫은 소리를 할 아이는 아니었기에 제시카의 입성(?)은 무사히 이루어지는 듯 보였다.

하지만 해윤이 놀러오면서 분위기는 다시 반전되었다.

특히나 인사를 하며 제시카의 미모를 확인하는 순간 날 정원으로 끌고 나왔다.

"지금 저 여자와 한집에 살겠다고?"

"살다니? 길어야 이삼 주 정도야. 그리고 교환학생이라니까."

"알아! 한데 어릴 때 친구라며?"

"친구라기보다는 방학 동안 어학연수 갔다가 홈스테이로 머문 집의 딸이었어."

"무슨 막장드라마 찍니? 우연도 이런 우연이 어디 있니?"

"내 말이."

"그래서 결국 같이 살겠다고?"

머릿속에 도돌이표가 찍혀 있는 거냐?

"내가 원해서 하는 게 아니라고 말했잖아. 그리고 저 애 남편과 사별하고 슬픔을 잊기 위해 도피성 유학을 온 거야."

난 제시카와 맞춰뒀던 말을 그대로 했다. 하지만 해윤은 여전히 이해를 못하겠다는 표정이다.

"해윤아, 나 못 믿어?"

2단계 '오빠 못 믿어?' 작전으로 나가야 했다.

"믿어. 한데 남자는 못 믿어."

그게 무슨 개똥같은 소리냐?

"적당히 예뻐야지."

"나한텐 너밖에 없어. 그리고 나에겐 제시카보다 네가 더 예뻐 보여. 무엇보다도 일주일쯤 뒤에 사촌언니가 오면 집을 구하기로 했으니까 그때까지만 내가 이해해 주라."

"이, 이런다고 순순히 넘어갈 거라 생각 마."

살짝 껴안으며 얘기를 하자 조금이지만 기분을 풀리는 듯한 해윤이다.

만일 해윤이 결사적으로 반대를 한다면 제시카에게 양해를 구해 호텔에 머물게 할 생각이었다.

"내가 매일 올 거야!"

"그래, 매일 와서 확인해. 아님 일주일간 우리 집에서 살래?"

"…그, 그건 아, 아빠한테 허락을 받아야 해."

이렇게 겨우 해윤까지 달랠 수 있었다.

이후 다섯이서 점심을 같이 했는데 약간 어색했지만 그럭저럭 넘길 수 있었다.

그리고 주문한 침대가 도착했고, 방으로 들어간 제시카는 거실로 전혀 나오질 않아 모두 잠이 들었다고 생각하고 편하게 웃고 떠들었다.

하지만 난 그녀가 누군가와 계속 통화를 하고 있다는 걸 알 수 있었다.

"무찬, 잠깐 볼 수 있을까?"

"응, 그래."

제시카의 얼굴은 굳어져 있는 걸 보니 아무래도 무슨 일이 생겼나 보다.

아니나 다를까 방으로 들어서자 내 손을 잡으며 다급하게 외친다.

"디오네 언니가 아무래도 걱정이 돼."

"침착해, 제시카. 자세히 설명해 봐."

"으응, 어제 너랑 헤어지고 언니가 깰 시간쯤 되어서 다시 전화를 했어. 다행히 통화가 되어서 내가 한 말을 전달했어. 디오네 언니는 널 만났다는 말에 기뻐하면서 위험하다 싶으면 그만둘 거라고 얘기를 했어."

"그런데?"

말하는 제시카를 보니 그녀에게 디오네가 어떤 존재인지 짐작할 수 있었다.

제시카의 말은 심하게 떨리고 있었지만 그녀는 인식을 못하는 듯했다.

"언니는 의외로 고집이 세거든. 아무래도 그만둘 것 같지 않아서 집사인 프랭크에게 디오네 언니의 행동에 대해 물었어. 그랬더니 어제도 파티에 가서 밤을 새고 들어왔고, 오늘도 아직 들어오지 않았다는 거야."

지금 시간이면 뉴욕은 새벽 3시경, 디오네는 헤븐 격투기를 보는 비밀장소를 알아낸 것인가?

"제시카, 혹시 한국에 오기 전 격투기장을 자주 다녔어?"

"응. 우리가 아담과 데이빗을 만난 곳이었기에 헤븐 격투기를 즐기는 이들이 그곳에 있을 거라고 했거든."

"그곳에서 조지 페더 상원의원을 본 적이 있었어?"

"난 못 봤지만 디오네 언니에게 은밀히 접근한 모양이야. 그래서 언니는 그를 죽일 계획을 짰고, 난 한국으로 왔어."

상황이 대충 머릿속에 그려졌다.

디오네는 헤븐 격투기를 상영하는 곳을 알아냈고, 한꺼번에 없앨 생각을 하고 있는 것이다.

천외천에 대해 자세히 말해주지 못한 내 실수다.

장무계에게 천외천에 대해 들었을 때 내 귀를 의심해야 했고, 날 더욱 강하게 만들기 위해 노력한 계기가 되었다.

'그들이 없어야 할 텐데.'

천외천의 비밀병기라 불리는 이들.

몇 명인지, 누구인지, 어디에 있는지 천외천의 상층부의 소수만이 그들의 정체를 알고 있다고 했다.

그들은 개개인의 무력이 나와 견줄 것이라 장무계는 말했다.

그가 날 천외천에서 보냈냐고 물은 이유도 거기에 있었다.

"어떻게 하지?"

"글쎄, 통화가 된다면 좋겠지만 만에 하나 안 된다면… 내가 미국에 가는 수밖에."

왠지 모를 불안감이 엄습해 와 가만히 있을 수 없었다.

여권은 없지만 여권 비슷한 것만 구하면 최면으로 공항을 통과하는 건 일도 아니었다.

"여권이 없잖아?"

"괜찮아 방법이 있어."

"최면을 걸 생각인가 본데 그럴 필요 없어."

그녀는 여행용 가방을 뒤져 여권을 건넨다.

위즐러 찬이라는 이름의 미국인 여권이었다. 사진은 어딘가 어색한 느낌이 들었지만 내가 분명했다.

"디오네 언니의 기억으로 만들어낸 3D 사진이야. 꽤 많은 돈이 들어간 작품이지. 성을 몰라 이름 중 '찬'을 성으로 사용한 게 흠이긴 흠이지만."

"대단하군."

나에겐 디오네의 기억은 없지만 디오네는 나를 정확하게 기억하고 있었나 보다. 얼굴에 있는 큰 상처는 물론 희미한 상처도 표현되어 있었다.

다른 건 그저 머리스타일에 불과했다.

"여권이 해결되었으니 비행기를 당장 예약해야겠다."

"그럴 필요도 없어."

"설마……?"

"응. 전용기가 있어."

할 말을 잃게 만든다.

드럼프라는 이름이 가진 힘을 과소평가를 하고 있었던 것이다.

"좋아. 그럼 최대한 빨리 뉴욕으로 가볼까?"

"준비시킬게."

뉴욕까지의 비행시간은 대충 13시간, 왔다갔다만 하루가 넘게 걸리니 우니와 해윤에게 댈 핑계를 생각해 본다.

＊　　　＊　　　＊

　7시, 인천 국제공항의 전용기를 타고 하늘을 향해 날아오를 때까지 디오네와의 연락이 되지 않았다.

　뉴욕시간으로는 오전 6시에 불과했기에 중간에 연락을 받을 수 있었지만 내 마음은 여전히 불안하기만 하다.

　"미스터 찬, 마실 것 드릴까요?"

　"가벼운 음료 있으면 부탁드리죠."

　"샴페인으로 드릴까요?"

　고개를 끄덕이자 미모의 승무원은 샴페인을 한 잔 따른 후 병째 옆에 놓고 간다.

　맛있다.

　탄산음료처럼 올라오는 기포가 터지며 입안을 간질이고 살짝 차가운 맛과 함께 올라오는 향기가 매력적이다.

　창밖으로 보이는 서울 전체의 야경을 보고 마시는 더욱 정취가 느껴진다.

　부우우우웅!

　스마트폰이 떨리자마자 전원을 켰다.

　"응, 제시카."

—방금 차가 돌아왔는데… 언니는 없대. 분명 모시고 왔다고 말하는 걸 볼 땐 언니가 최면을 걸어 돌려보낸 것 같아.

"그들의 최종적으로 있었던 곳이 어디래?"

—그건 묻지 못했어.

"내 생각하기엔 디오네는 최소한 이틀 동안 '헤븐'에 갔다온 게 분명해. 그리고 오늘 밤 일을 벌일 생각을 한 거 같아."

—…어떻게 하지?

"내가 도착해서 알아보고 움직이면 늦을지도 몰라. 그러니 이제부터 네가 할 일이 중요해. 지난 일주일 동안 디오네의 모든 행적을 시간별로 알아내. 특히 지난 3일간은 어디에서 무엇을 했는지 샅샅이 알아내고."

—그럴게.

"다 알아내고 난 뒤 연락주고. 집사에겐 디오네가 오늘부터 집에 있는 것처럼 행동하라고 전하고. 디오네가 경호원들과 기사를 돌려보낸 건 아마 나중을 위한 알리바이가 필요해서일 거야."

—무슨 말인지 알았어. 내가 조치를 취할게.

"그래."

전화를 끊고 남아 있는 샴페인을 비운다.

디오네에 대한 기억이 절실해진다.

최면 이외에 어떤 능력을 가지고 있는지 인다면 지금처럼 답답하진 않을 텐데…….

난 눈을 감고 스스로에게 최면을 걸고 섬에서의 마지막 날로 돌아간다.

전투가 있던 평소와 다를 바 없는 날이었다.

진영에 선 채 전투의 시작을 알리는 사이렌 소리가 울리기를 기다린다. 일정 거리를 두고 쭉 서 있는 같은 진영의 동료들의 숨소리가 서서히 커지는 게 느껴진다.

전투가 시작되면 어차피 동료의 의미가 없어지기에 서로를 바라보는 눈은 차갑기 그지없다.

노골적으로 빨리 죽으라는 눈빛을 보내는 이도 있다.

뿌우우우우~웅!

전투가 시작되었다.

파파파파팟!

땅을 박차는 소리가 동시에 들렸지만 내 귀에는 한참 뒤에 들리는 것 같은 느낌이다.

숲으로 들어오자마자 난 고스트 위즈의 모습으로 바뀐다.

호주머니에 있던 두건을 꺼내 얼굴을 감추고 주변의 풀들을 이용해 완벽하게 위장을 한다.

물론 이 순간에도 난 내가 미리 정해뒀던 위치로 계속 움직이고 있었다.

오늘도 누군가를 죽여야 했다.

'왜? 어차피 세 명 안에만 들어가지 않으면 되는데 왜 이런 생각을 하는 거지?'

난 내 기억에게 물었다.

약속이다. 제시가 다른 남자의 품에 안기지 않도록 약속을 했다.

'누구와 한 약속이지?'

…잘 기억이 나지 않아.

'기억해 내! 난 반드시 누구인지 알아야겠어!'

강력한 의지를 더해 내 기억을 압박했다.

…디 …아.

디아와의 약속이었다.

제시는 디아가 납치되기 전 사랑했던 여동생과 닮았기에 보호해 주고 싶었다. 완전한 보호는 불가능했지만 가급적 나와만 관계를 맺기를 바랐고 난 디아를 위해 그러겠다고 약속했다.

그래서 반드시 오늘도 한 명을 죽여야 한다.

누군가의 기척이 느껴진다.

섬에 들어온 지 얼마 되지 않은 이인지 기척을 여기저기 흘리며 다가오고 있다.

하지만 난 움직이지 않았다. 함정이라는 느낌이 들어서였다.

감각을 더욱 날카롭게 만들었다.

역시나 다가오는 이는 그만이 아니었다.

기척을 흘리는 사람을 중심으로 두 명이 더 움직이고 있었다.

미끼가 된 이를 보내고 뒤에서 그를 쫓으며 오는 인물 중 한 명을 노린다.

30미터.

후욱~ 움직여야겠다고 생각하는 순간 이미 몸은 뜨거운 공기를 가르며 나른다.

섬에서 오래 살아남았던 인물인지 반응 속도가 빨랐다.

나를 향해 좌에서 우로 대각선으로 칼을 긋는다.

하지만 부질없는 짓이었다. 섬에서 나의 적수가 될 만한 인물은 이제 몇 명뿐이다.

그리고 이렇게 기습적인 공격을 받을 수 있는 이는 클로버뿐이다.

툭!

날 향해 휘두르던 놈의 팔이 분리되어 땅에 떨어졌고, 비명을 지르기도 전에 목에 단검이 꽂힌다.

진하게 풍겨오는 피비린내.

스스스스슥!

이미 행동불능이었고 그대로 둬도 몇 초 후면 심장이 멈출 테지만 내 칼은 다시 춤을 추며 그 시간을 더욱 단축시킨다.

쫘아아악!

방금까지 움직이던 생명이 핏덩이가 되어 사라지는 소리가 숲을 울린다. 하지만 난 이미 그곳을 벗어나고 있었다.

이제부터는 시간을 끌며 2명이 더 죽길 기다리면 끝이다.

피 묻은 칼을 땅에 꽂아 냄새가 퍼지는 걸 방지하곤 어서 전투가 끝나길 기다린다. 하지만 오늘따라 쉽게 끝이 나질 않는다.

순간 온몸의 털이 바싹 설 정도로 위기감이 몰려온다. 자주 느끼는 일이라 익숙해질 만도 한데 도무지 적응이 되지 않는다.

클로버다.

그가 나를 부르고 있었다. 땅에 꽂혀 있던 단검을 손에 쥐고 살짝 뽑는다.

언제부턴가 그와 싸우는 게 그리 두렵지만은 않았다. 전투가 끝나고도 몇 시간을 넘게 싸운 적도 있었다. 하지만 오늘은 왠지 싸우기가 싫었다.

디아와의 약속을 지키지 못할 것 같은 생각 때문이었다.

고스트를 죽이고 그의 품에 있던 낡은 책자를 얻었다. 그것에서 난 클로버도 따라올 수 없는 보법과 신법을 얻었다.

단검을 챙겨 클로버의 반대편으로 몸을 날렸다.

"……!"

싸움을 피해서일까 클로버는 뭐라고 나에게 소리친다. 하지만 신경 쓰지 않고 빠르게 자리를 벗어난다.

…….

"고, 고 선생님!"

갑자기 기억이 바뀌어 버리며 눈앞에 피를 흘리며 죽어가는 고 선생님이 보인다.

'다시 돌아가!'

난 기억을 다시 클로버가 뭐라고 소리치기 전으로 되돌린다.

그러나 몇 번을 반복해도 마찬가지다.

아무리 기억을 다그치고 소리쳐 보지만 요지부동이다.

'나 스스로 기억하기를 원치 않는 건가?'

내 정신이 붕괴될 위험에 처하자 방어기제가 발동을 해 스스로 기억을 지워버렸다고 밖에 볼 수 없다.

한데 내 정신이 붕괴될 정도의 일이라면…….

"미스터 찬, 전화 왔어요."

승무원의 목소리에 현실로 돌아왔다. 그녀의 손에는 전화기가 들려 있었다.

"스마트폰이 안 된다고 미세스 드럼프께서 이쪽으로 전화하셨어요."

"아! 고마워요."

생각하는 사이에 한국을 벗어났나 보다.

난 무선전화기를 받아 말했다.

"아직 연락은 없었지?"

─응. 조사한 내용을 핸드폰으로 보내려니 안 되서 우니에게 네 메일을 물어 보냈어.

"고생했어. 확인해 볼게."

─그리고 관련된 전화번호들까지 다 있으니 필요하면 직접 연락해. 말도 해뒀으니 숨김없이 얘기해줄 거야.

"그래. 좀 쉬어."

쉬라고 말했지만 제시카는 밤을 새울게 분명했기에 더 이상의 말없이 전화를 끊었다.

내 메일로 정보를 보냈다면 분명 비행기에 인터넷을 사용할 수 있다는 말.

하지만 둘러봐도 컴퓨터라 할 만한 게 없어서 승무원을 불렀다.

"인터넷을 사용하고 싶은데요."

"아! 그건 여기 버튼을 누르시면 돼요."

테이블 옆의 버튼을 누르자 테이블이 열리며 모니터와 키보드가 나타난다.

"이런 곳에 있었다니……. 마치 촌닭이 된 기분이네요."

"호호. 저라도 처음 탔다면 그랬을 거예요."

쑥스러움에 한마디 하자 승무원은 부드럽게 받아넘긴다.

"먹을거리라도 갖다 드릴까요?"

"괜찮아요. 전 신경 쓰지 말고 쉬어요. 필요한 게 있으면 비행기 구조도 알 겸 찾아 먹도록 하죠."

"제 일인 걸요. 필요한 게 있으면 또 불러주세요."

직업의식이 투철한 승무원이라는 생각도 잠시 메일로 들

어온 자료를 살펴본다.

제시카가 뉴욕에서 한국으로 출발한 날은 토요일 오전. 그때까지 디오네의 행적은 딱히 이상할 만한 게 없었다.

하지만 토요일부터 연속 3일간 외박을 했다.

저녁 9시쯤 나가 아침 7~9시쯤 집으로 돌아왔는데 그녀의 목적지는 뉴욕 롱아일랜드 사우스햄튼의 한 저택이었다.

'이곳인가?'

헤븐 격투기가 상영되는 곳이 확실해보였다.

난 유명 검색 사이트를 이용해 저택의 주소를 검색했다.

"오호!"

부동산 정보 사이트의 한 달 전 게시물에는 임대를 한다는 정보가 떠 있었다. 한 달 렌트비가 20만 달러가 넘는 곳이었다.

그리고 SNS사이트에 일주일 전에 가면 파티에 갔다 왔다며 스파이더맨 복장을 한 남자가 야외파티 장을 배경으로 찍은 사진이 보였다.

난 디오네의 집사인 프랭크에게 전화를 걸었다.

"프랭크, 위즐러 찬입니다."

—아! 제시카 아가씨에게 얘기 들었습니다. 말씀하세요.

"디오나가 지난 3일간 나갈 때 파티 복장으로 나갔나요?"

—네. 여름 동안엔 워낙 파티가 많거든요. 물론, 3일 연속 참여한 적은 없지만요.

"혹시 이상한 점은 없었나요?"

—특별히……

"사소한 것이라도 좋아요. 특히 어젯밤 나갈 때를 잘 생각해 보세요."

—…그러고 보니 어젯밤에 작은 쇼핑백을 들고 나가셨습니다.

한참을 생각하던 프랭크는 긴가민가한 목소리로 조심스럽게 얘기한다.

"그럼 오늘 차가 돌아왔을 때 차 안에서 어제 입은 파티 복이 있었나요?"

—그건… 잠시 확인해 보고 연락드리겠습니다.

난 나타난 정보들을 이리저리 조합해 디오네의 행동을 추측해 봤다.

격투기장에서 만난 조지 페더를 죽일 기회를 찾던 그녀는 우연히 헤븐 격투기에 대한 애기를 듣고 토요일 처음으로 파티장으로 위장된 그곳에 참석한다.

이틀간 상황을 지켜보던 그녀는 조지 페더, 혹은 헤븐을 없앨 계획을 세운다.

하지만 밤에는 침투하기가 어렵다고 생각한 디오네는 월요일 날 밤을 샌 후, 미리 침투해 있기로 마음을 먹고 실행에 옮겼다.

이상이 나의 추측이었다. 전혀 맞지 않는 상상에 불과할지 모른다.

띠리리링!

"네, 위즐러 찬입니다."

—트렁크에 어제 입었던 옷이 있었습니다.

"알겠습니다."

추측의 일부가 맞았다.

뉴욕시간으로 오늘 밤에 디오네가 뭔가를 할 것이라는 확신이 들었다.

뉴욕도착까지 8시간, 컨디션을 최상으로 유지하기 위해 눈을 감고 꿈과 현실의 중간으로 들어간다. 하지만 다가오는 인기척에 다시 눈을 떴다.

"아! 죄송해요. 편히 쉬시라고 불을 꺼 드리려 했는데 오히려 깨웠네요."

"괜찮아요. 제가 약간 예민한 편이라 그런 거니 신경 쓰지 마세요."

"그럼 침실에 가서 쉬는 건 어떠세요?"

"그게 좋겠군요."

차라리 그 편이 나에게도, 승무원에게도 좋을 것 같았다.

"침실 자체가 어떤 기상현상에서도 완벽하게 균형을 잡도록 설계되어 있어 편하게 쉴 수 있을 거예요. 그리고……."

침실은 여느 호텔 방보다 화려했다.

누워 자지 않는 나에겐 소파와 다를 바가 없었지만 승무원은 자부심이 가득한 표정으로 설명을 한다.

"…냉장고에 제시카 님이 잠이 오지 않을 때 드시는 노란 병의 음료가 있는데 드세요. 도움이 될 거예요. 그럼, 편히 쉬세요."

마치 침실과 침대에 많은 경험이 있는 사람처럼 길고 자세한 설명이었다.

그리고 여승무원은 약간 주춤거리며 날 이상하게 바라보다 밖으로 나간다.

착각인지 모르지만 승무원은 나에게 원하는 게 있었다. 난 그게 팁이라 생각하기로 하고 침대에 기댄 채 앉았다.

하지만 한동안 금욕적인 생활을 해와서인지 승무원을 괜히 내보냈다는 생각이 들면서 쉽게 잠의 경계로 들어가지 못한다.

결국 냉장고를 열어 잠을 자는데 도움이 된다는 음료를 마셨다.

효과가 좋아도 너무 좋았다.

가부좌를 하고 좌공을 돌리기도 전에 꿈의 영역 깊숙한 곳으로 들어가 버린다.

"언제까지 도망갈 수 있나 보자!"

으르렁거리는 클로버의 목소리가 숲을 울렸다.

하지만 쫓아올 테면 쫓아와 보라는 심정으로 속도를 높였다.

한동안의 술래잡기는 클로버의 기척이 사라지면서 끝이 났다.

그리고 때마침 전투가 끝났다는 신호음이 울렸기에 여자들이 있는 진영으로 걸음을 옮겼다.

"쿨럭! 무, 무찬아……."

믿을 수 없는 일이 눈앞에 펼쳐졌다. 전투에 참여하지도 않은 고 선생님이 진영에서 상당히 떨어진 곳에서 죽어가고 있었다.

"고, 고 선생님!"

머리는 텅 비어버렸고, 심장은 터질듯이 두근대기 시작했다.

"가, 가만히 계세요. 제가 살려드릴게요."

"후… 후, 느, 늦었어."

"아니에요! 살 수 있어요. 마, 말하지 말고 기다리세요."

수많은 사람을 죽여 본 경험이 늦었다고 말한다. 하지만 아버지 같은 고 선생님을 포기할 수 없었다.

혈도를 찍어 피를 멈추게 하고 내공을 장심으로 불어넣는다.

"차… 찬아, 우니를 부, 부탁한다."

"아……! 안 돼요. 죽으면 안 된다고요! 엉엉!"

죽을까 두려워 제대로 소리내어 울어본 적도 없었다. 하지만 지금은 아무 상관없었다.

그저 그가 죽지 않기만을 바랐다.

"사, 사랑한… 다. 찬아…….."

"……!"

그가 웃으며 눈을 감았다.

방금 전까지 흐르던 눈물도, 비명처럼 지르던 소리도 가슴에 턱 막힌 듯 나오지 않는다.

처음 섬에 왔을 때처럼 현실감이 전혀 느껴지지 않는다.

"이제 날 즐겁게 해줄 수 있겠느냐?"

"다, 당신인가요?"

뒤에 나타난 건 백발의 인상 좋은 노인.

클로버였다.

"그래. 나이가 늙으니 젊은 네놈의 뜀박질을 쫓아갈 수가 있어야지. 다시 묻겠다. 이제 날 즐겁게 해주겠느냐?"

고 선생님을 죽였다 말하면서 마치 벌레를 죽인 것처럼 아무런 감정 없이 대답하는 클로버의 모습은 죽어가던 적의 눈동자에 비치던 나의 모습과 다르지 않았다.

고 선생님의 죽음에 대한 슬픔과 클로버에 대한 분노, 그리고 나 자신에 대한 혐오감이 합쳐지며 서서히 머리가 지워져 간다.

그리고 단전에 있던 내공이 부글부글 끓어오른다.

"크크큭······! 큭! 큭!"

"싫은 게냐? 이번엔 디오네 그 아이가 죽게 될 것이다."

"···즐겁게 해주지!"

꽝! 뿌드드득!

뇌가 터지고 뇌신경들이 뜯겨 나가는 소리가 귀청을 울리고 온 세계가 붉어진다.

······

세계가 너무 빨리 지나간다. 그저 희끗희끗한 것이 간혹 보일 뿐이었고 그마저도 산산이 터져 나가며 사라진다.

내가 나를 움직이는 것이 아니었다.

그렇다고 나를 움직이고 있는 놈을 말릴 생각도 없었다.

그저 차라리 이대로 눈을 감았으면 할 뿐이었다.

다시 다가오는 희끗함. 한데 그 희끗함이 누구인지 알 것 같았다.

'안 돼!'

난 발작적으로 소리쳤고 순간 세상은 원래대로 돌아왔다. 피로 몸을 씻은 듯 진한 피비린내가 먼저 나를 반겼고, 두려워하는 디아의 모습이 보인다.

'약해 빠진 쓰레기 같은 놈이 나를 방해하다니!'

나를 움직이던 놈이 다시 빠르게 내 몸을 차지해 온다.

"디아. 빨리 도망가! 죽일 수 없어, 디아를 죽일 순 없어. 빨리! 내가 정신을 잃기 전에 빨리!"

그 말을 끝내고 잠시 후 다시 놈에게 완전히 몸을 뺏겼다.

그리고 놈은 디아의 기억을 하나씩 지워버리고 나를 지워간다.

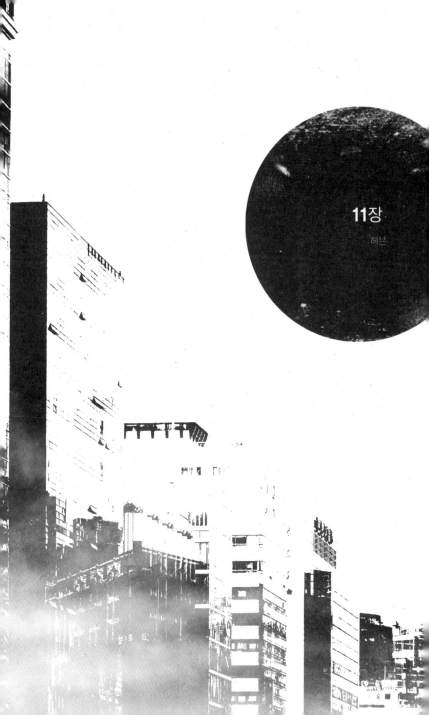

11장

헤븐

　헤븐에서 격투기라 부르는 살인 게임을 보고 나온 디오네
는 차에 올랐다.

　"댁으로 모실까요?"

　딱!

　백미러로 자신을 보며 묻는 기사를 향해 손가락을 튕기자
기사의 눈이 몽롱해진다. 미리 걸어뒀던 최면 상태로 빠지는
걸 확인한 그녀는 어제 구한 낡은 옷으로 갈아입고 화장을 새
로이 한다.

　금세 평범한 여인으로 바뀌었지만 얼굴을 완전히 감추진
못한다.

"두 블록 앞에 있는 커피숍에 내려줘."

"알겠습니다."

리무진은 부드럽게 움직였고, 저택에서 한 블록 떨어진 곳에 멈춘다.

디오네가 내리자 리무진과 앞뒤로 경호하던 경호차들은 다시 움직였고, 그 모습을 바라보던 그녀는 시간을 확인하곤 커피숍으로 들어간다.

"미쉘!"

자신을 미쉘로 부르는 여자를 보던 디오네는 그녀를 향해 웃으며 인사를 한다.

"제인, 일찍 왔네?"

"천하의 구두쇠 미쉘이 아침을 산다는데 일찍 와야지."

"호호! 신디도 곧 올 테니 같이 먹자."

제인, 미쉘, 신디는 헤븐이 임대한 저택의 청소를 하는 이들이었다. 디오네는 어제 이들에 대해 알게 되었고, 오늘 미쉘이 되어 경기가 상영되는 지하로 침투할 생각이었다.

제인은 최면에 걸려 디오네를 완전히 미쉘로 믿고 있었다.

"미쉘, 제인!"

잠시 기다리자 신디가 도착했고 셋은 아침을 먹으며 어제 집에서 있었던 자질구레한 얘기로 꽃을 피운다.

"이제 일어날까? 청소하러 갈 시간이야."

얘기를 하던 제인은 시계를 확인하고 자리에서 일어났다.

세 사람 중 리더 격인 제인은 빠릿빠릿한 행동으로 많은 이들의 인정을 받는 타입이었다.

"잘 먹었어, 미쉘."

신디도 일어나자 디오네는 돈을 테이블에 올려놓고 일어나 두 사람을 뒤쫓는다.

저택에 가까워질수록 세 사람과 비슷한 여자들이 눈에 띈다. 그들 대부분이 자신들이 향하는 저택으로 간다는 것을 아는 신디가 중얼거린다.

"도대체 뭐하는 곳이기에 매일 밤 파티를 하는 걸까?"

"부자들이 휴가를 즐기는 거겠지. 나도 화려한 옷을 입고 파티에 참석하고 싶어져."

"널 마음에 들어 하는 브라운에게 얘기해 보렴. 혹시 아니?"

제인은 신디의 말에 저택의 입구를 지키는 브라운에 대해 생각을 해본다. 약간 뚱뚱하기는 했지만 서글서글한 성격이 마음에 드는 남자였다.

"경비원이 무슨 힘이 있다고……."

"그건 모르는 일이지. 일단 통과만 하면 파티 하는 사람들이 신경이나 쓰겠어?"

귀가 솔깃한 말이었지만 곧 고개를 흔든다. 설령 들어갈 수 있다고 해도 파티 복은 자신이 감당할 수 있는 게 아니었다.

"어이, 제인! 좋은 아침!"

저택에 입구에 도착하자 들어가는 사람들을 확인하던 브라운이 제인을 발견하고 환한 얼굴이 되어 반긴다.

"브라운! 넌 제인밖에 안 보여?"

"하하! 신디도 좋은 아침. 제인, 오늘 밤 비번인데 저녁 같이 하는 게 어때?"

"됐거든······."

"그러지 말고 생각해 보라고. 내가 건사한 레스토랑 예약해 둘게. 그럼 그렇게 알고 있을게."

말은 거절했지만 제인은 싫은 얼굴이 아니었다. 브라운도 그걸 알았는지 단정 짓듯이 말한다.

정문을 통과한 세 사람은 어젯밤의 파티가 어땠음을 보여 주는 넓은 정원을 지나 저택 안으로 들어갔다.

밖에보단 나았지만 저택 안도 만만치 않았다.

"하던 대로 3층부터 내려오면서 하자."

3층에 올라간 그들은 간단히 청소용 복장으로 갈아입고 본격적인 청소를 시작했다.

"어젯밤 이 방을 사용한 인간들 어지간히 뜨거웠나 본데."

신디가 휴지통을 치우며 장난스럽게 말한다.

"왜?"

"콘돔이 네 개야. 꺌꺌꺌!"

"호호호! 부인이 아닌 외도였나 보다."

방에는 전날의 많은 흔적이 남는다. 그 흔적을 보고 세 사람은 이런저런 얘기를 하며 힘든 노동을 즐겁게 한다.

"어머! 베개 밑에 10달러를 남겨뒀네."

"호텔로 착각했나 보다. 호호!"

"우리야 좋지. 정력 좋고, 예의 바르고, 이런 남자 어디 없나?"

저택 청소의 야외담당보다 실내담당은 얻는 게 많았다. 간혹 보석 귀걸이 같은 고가의 물건도 발견할 때가 있는데 그때는 경비원들에게 맡겨둬야 했지만 말이다.

"이 방은 끝! 다음 방으로 가자."

저택청소도 방과 복도 두 곳으로 나눠져 있었기에 침대보와 베개커버 등은 복도에 두고 다음 방으로 이동한다.

"미쉘, 오늘 몸 안 좋아? 평소와 달리 너무 느려."

"미안."

"아무리 돈이 좋다고 해도 적당히 해. 무슨 몸이 로봇도 아니고, 밤낮없이 일하다가 쓰러지면 병원비가 더 나온다고."

3층에서 1층까지 청소는 12시쯤 끝났는데 12시 30분이 되었음에도 끝이 나지 않자 제인은 원인이 미쉘에게 있음을 알고는 한소리 했다.

물론, 청소시간이 길어졌다고 탓하는 것이 아니라 몸 관리 잘하라는 의도에서 한 말이었다는 건 말투에서 충분히 느껴졌다.

"신경 써줘서 고마워. 이제 지하실 청소하러 가자."

"그, 그래."

제인은 미쉘이 어깨를 치며 지나가는 순간 잠깐 멍해졌다가 원래대로 돌아왔다.

디오네가 이토록 복잡하게 침투를 결정한 이유는 시합이 시작되면 헤븐 격투기가 이루어지는 지하실로 들어가기가 거의 불가능했기 때문이었다.

지하실로 가는 입구는 단 하나.

저녁에는 입구 앞에 두 명, 뒤에 네 명이 지키며 감시카메라로 완전히 감시하고 있는 반면, 지금은 그저 두 명의 중국인 경비원만이 지키고 있었다.

"어제 그 여자 몸매 봤어? 뼈가 녹게 생겼더구먼."

"어떻게 안 볼 수가 있겠어? 눈이 그냥 그곳으로 가더라."

아무도 듣지 못할 거라 생각하고 중국어로 말했지만 디오네는 모두 알아들었다. 하지만 모른 척 둘 앞에 서서 두 사람의 어깨를 툭툭 건드렸다.

"…해야 할 일이 있으니까 청소 좀 빨리 끝내줘."

"알았어요."

두 중국인은 디오네 얘기를 하면서도 눈앞에 있는 디오네를 알아보지 못했고, 청소를 빨리 끝내달라는 말을 하며 입구에서 열어준다.

입구에서 안으로 더 들어가자 원형으로 굽어진 복도가 나온다.

"왼쪽으로 돌면서 청소하자."

헤븐은 원형경기장처럼 꾸며져 있었다. 가운데 수많은 모니터가 있고 그 주변을 빙 둘러 독립된 방이 위치해 있는 구조였다.

한 방 한 방을 청소하다 디오네는 그제 있었던 방에 들어왔다.

짝짝짝!

가볍게 박수를 치자 제인과 신디는 마치 고장 난 로봇처럼 하던 일을 멈춘다.

"오늘 미쉘이 없어서 힘든 하루였어요, 그렇죠?"

"네⋯⋯."

"심한 몸살감기에 걸렸으니까 청소가 끝나면 맛있는 것 사서 한번 찾아가 봐요."

"그러죠⋯⋯."

디오네는 말을 하며 청소할 때 걸쳤던 모자와 앞치마를 제인에게 건넨다.

"이제 일해요."

몽롱한 눈빛의 두 사람은 디오네가 하는 말에 대답을 하곤 밖으로 나가 다시 방을 돌며 일을 한다.

디오네는 캄캄한 방에서 가운데 위치한 모니터들을 잠시 바라보다 방 귀퉁이의 카펫을 살짝 들어 올렸다.

그리고 합판으로 된 바닥의 일부를 뜯어내자 한 사람이 들어갈 정도의 공간이 보인다. 그제 찾아낸 공간으로 저택을 임대하고 지하실을 꾸미며 생긴 것이었다.

"그날이 생각나네."

좁은 공간에 들어간 그녀는 섬에서 미쳐 버린 위즈를 피해 숨어 있던 때가 생각나 피식 웃고는 카펫을 머리위로 덮는다.

그리고 오늘 밤을 대비해 눈을 감고 휴식을 취한다.

*   *   *

아담 캐플러와 결혼한 디오네는 나름 행복한 결혼 생활을 보냈다.

무의식 중에 깊은 최면에 걸렸다지만 헌신적이기까지 한 그의 행동들은 20년간 섬에서 보낸 그녀의 상처를 조금씩 치료하는 듯했다.

하지만, 우연히 그와 데이빗의 대화중에 나온 '클로버, 위즈'라는 말에 그가 그녀가 찾던 놈들 중 한 명이라는 사실을 알게 되었다.

최면으로 모든 걸 알아낸 디오네는 그를 헬기사고로 위장해 죽여 버렸다. 그리고 제시카에게 음양교합법을 가르쳐 데이빗 드럼프도 죽일 계획을 세웠다.

그녀가 어마어마한 유산만 가진 미망인으로 남는다면 문제가 없었겠지만 디오네는 캐플러투자그룹 자체를 가지고 싶었다. 헤븐 격투기를 즐기는 놈들을 찾기 위해선 격투기를 열광적으로 좋아하는 재벌총수라는 위치가 필요했기 때문이다.

그룹의 모든 사람들이 그녀를 반대했다.

하지만 디오네에겐 누구나 보면 반할 만한 외모와 최면술이 있었다.

그룹의 이사들을 구워삶는 것은 식은 죽 먹기였다. 그러나 투자그룹은 돈을 얼마를 가지고 있느냐 보다 실적이 얼마나 더 좋으냐가 중요했다.

그래서 정작 헤븐을 즐기는 놈들은 찾지 못하고 회사 일에 매달려야 했다.

다행히도 온전한 그녀의 힘은 아니었지만 1분기와 2분기에 그룹 최대 순수익을 이루며 주위의 인식을 종식시켰다.

그룹에서 자리를 잡자 본래의 목적대로 움직이기 시작했다.

격투 시합이 있을 때마다 찾아가 광적으로 즐기는 척했고, 갈 때마다 많은 돈을 배팅했다.

두 달이 넘는 그런 그녀의 행동에 결국 조지 페더 상원의원이 조용히 그녀를 불렀다.

"미세스 캐플러, 반갑습니다."

"조지 페더 상원의원님께서 어쩐 일로 저를 찾으셨는지요?"

"허허허! 조지라고 불러주세요. 고인이 된 아담과도 절친한 사이었습니다."

"그이는 밖의 일은 얘기를 하지 않았죠. 어쨌든 반가워요, 조지."

얘기를 하면서도 창밖으로 보이는 격투기장으로 눈을 돌리는 걸 잊지 않았다.

"격투기를 좋아하시나 보군요."

"사랑하죠. 그이를 만난 곳도 이곳이었어요. 처음 같이 식사를 할 때 선수들에 대해 열정적으로 말하는 그가 그립네요."

"허허! 그 친구는 격투기 광이었죠. 하지만 미세스 캐플러……."

"디오나라 불러주세요."

"그러죠. 한데 디오나가 보기엔 좀 잔인하지 않습니까?"

"잔인하다뇨? 저 얼마나 아름다운 광경인가요. 전 개인적으로 좀 더 강렬해졌으면 해요. 아담도 저와 같은 생각이었죠."

"허허허! 진정 격투기를 사랑하는 분께 제가 실수를 했군요. 용서하세요."

"다음 시합에 배팅할 시간을 준다면 용서하죠."

"이런! 배팅도 즐기시는 군요?"

"배팅이라기보단 더 좋은 장면을 보기 위한 투자죠."

"허허허허! 디오나는 여느 대장부들보다 더 하시군요."

바로 죽여 버릴까도 생각했지만 디오네는 그러지 않았다. 혜븐을 보고 더 많은 것을 알아내겠다는 생각을 가졌다.

혜븐으로의 초대는 바로 이루어지지 않았다.

두 번 더 조지 페더를 만나 격투기를 본 후 은밀히 혜븐에 초대를 받았다.

혹시 있을지 모를 위험에 대비해 제시카는 이 일에서 빼고, 웬만한 위험에서 안전할 위즈의 곁으로 보내버렸다.

처음 혜븐에 도착을 해 격투장면을 봤을 땐 분노에 몸을 부들부들 떨어야 했다. 다행히도 어두운 곳이었고, 조지 페더는 격투를 보고 흥분해서인 줄 알았다.

그녀가 있던 섬과 비슷한 곳이 비춰지고 중앙에 있는 세 개의 대형 모니터에 수십 명의 남자들이 각자 무기를 들고 서 있는 모습이 보인다.

그리고 그들의 머리위에는 숫자가 적혀 있었다.

배팅 방법은 꽤 많았다. 승리자, 누군가를 죽일 사람을 찍고 배팅을 하면 방에 있는 모니터에 그 배당률이 나온다. 혹은, 죽을 자에게 배팅을 할 수도 있었다. 또는 그 둘을 한꺼번에 찍거나, 승리자가 될 2~3명을 동시에 찍을 수도 있었다.

최소 배팅액은 10만 달러.

"제가 보기엔 7번이 강해보일 것 같군요."

"그런가요? 처음이니 조지의 말을 들어야겠군요."

디오네는 첫 시합에 떨리는 손으로 그가 권하는 남자에게 50만 달러를 걸었다.

"처음인데 50만 달러라니……."

"돈이 중요한 게 아니죠. 어떤 격투가 벌어질지가 중요하죠."

"실망하지 않을 겁니다."

수없이 저주했고, 다시는 듣기 싫은 전투를 알리는 소리가 방을 채운다.

그리고 전투지로 달려가는 사내들.

그녀가 있던 섬과 비교하면 수준이 한참 떨어지는 자들이었다.

─크아아악!

─죽어! 죽어!

단검이 몸이 파고드는 소리까지 섬뜩하게 들려온다. 그리고 살인이 벌어지는 장면이 여러 각도로 대형 모니터에 펼쳐진다.

그리고 그것을 반복적으로 보여준다.

구토가 올라오고 당장에라도 옆에 있는 조지 페더의 목을 꺾어버리고 싶은 충동이 일었지만 섬에서 배운 초인적인 인내심으로 참았다.

첫 시합이 끝났다.

디오네는 굳어진 얼굴을 풀며 옆에 놓인 와인을 마신다.

"축하드립니다. 50만 달러가 250만 달러가 되었군요."

"…아하~! 잠깐만 절 그대로 두시겠어요."

마치 엄청나게 흥분되는 장면을 본 듯이 감탄사를 뱉고는 눈을 감는다. 꽉 쥔 두 손이 분노로 떨려왔지만 조지 페더는 전혀 다른 쪽으로 생각을 하는 모양이었다.

"피는 묘하게 사람을 흥분시키죠. 혹시 남자가 필요하다 면……."

뒤에 얘기는 거의 들리지 않게 얼버무린다.

"남자보단 다음 시합이 기다려지네요."

"허허허! 오해했군요. 15분 정도 뒤에 다시 시작되겠군요. 그동안 1시합의 하이라이트를 보면서 즐기시죠."

두 번째 시합은 또 다른 섬이었다. 섬이 많음에 놀랐고, 배 당률이 올라가는 속도에 놀랐다.

디오네의 눈은 점점 차가워졌다.

"허허허! 즐거우셨습니까?"

"이런 곳이 있다는 줄 이제야 알았다니 아쉽네요."

"다행이군요. 적응 못하는 이들도 많거든요."

"그나저나 벌써 또 보고 싶어지는군요."

"방학기간엔 매일같이 이루어지고 평소에도 주말엔 언제 든 즐길 수 있을 겁니다."

10개의 섬, 10번의 시합. 30명의 목숨이 사라지고 첫날이 끝났다.

그리고 혜븐을 없애버려야 한다는 생각이 머리를 가득 채운 채 집으로 돌아왔다.

두두두두두두!

가까운 곳에서 들리는 자동소총 소리에 디오네는 눈을 떴다.

'12시인가? 시작이군.'

3번째 시합이 시작되는 시간이었다.

그녀는 지난 이틀간 눈에 띄는 경비원들에게 닥치는 대로 최면을 걸었다.

그중 한 명은 정확히 12시에 입구를 지키는 이들을 향해 총을 난사하라고 명령을 해뒀고, 나머지는 방금 총소리에 FPS 게임을 하는 착각에 빠지게 될 것이다.

"꺄악! 뭐, 뭐예요?"

구덩이에서 빠져나오자 반쯤 벌거벗은 여자가 의자에 앉아 있는 남자 위에 걸터앉아 움직이다 놀라 소리친다.

총소리가 더욱 많아지는 상황임에도 전면에서 비치는 살인 장면에 뇌가 마비된 자들은 현실을 모르는 듯했다.

"경, 경비……."

픽! 팍!

다시 비명을 지르려던 여자를 향해 디오네는 손을 휘둘렀고, 내공 면에서 어느 누구보다 강한 그녀의 힘을 이기지 못하고 여자의 목이 날아가 벽에 부딪혀 떨어진다.

"어, 누구……?"

꽈직!

한참 절정으로 가던 나이든 노인은 갑자기 멈추는 여자의 행동에 눈을 떴다가 디오네가 찍어 누르는 팔 힘에 목이 꾸겨진다.

"너희들이 직접 당하니 재미가 없나?"

아무런 감정 없는 말투로 쓰러진 노인에게 말을 걸었지만 대답할 리 만무했다.

중앙의 스크린에는 눈물을 흘리며 죽어가는 사내가 누군가를 그리워하는 건지, 원망하는 건지 모를 눈빛으로 카메라를 바라보는 장면이 나오고 있었다.

탕! 탕! 꺄아아악! 탕! 탕! 커억!

밖은 전쟁터였다. 경비원들이 대부분이 살인자로 변하자 경호원 없이 들어온 자들은 손도 쓰지 못하고 쓰러져간다.

"사, 살려줘……!"

퍽!

막 복도로 나와 디오네를 향해 뛰어오던 사내는 뒤에서 경비원이 쏜 총탄에 머리가 터지며 그녀의 앞에서 쓰러진다.

경비원은 디오네를 향해 총을 겨눴다가 잠깐 고개를 갸웃

거리곤 다른 방향으로 간다.

디오네는 푸른 옷을 입고 있었는데 최면이 걸린 경비원들은 푸른 원피스를 입은 여자는 공격하지 못하게 되어 있었다.

그녀는 경비원들이 살인을 하는 곳을 지나 조지 페더가 머무는 곳으로 향했다. 그녀가 첫날 머물렀던 곳이다.

"자신의 목숨 중요한 건 아는 건가?"

문은 잠겨 있었다.

쾅! 쾅!

디오네는 문을 두드렸다. 급하게 만든 곳인지라 벽 전체가 들썩거린다.

쿠왕!

결국 문은 그녀의 힘을 이기지 못하고 뒤로 넘어진다. 그리고 의자 뒤에 숨어서 부들거리는 조지 페더와 또 다른 한 사람이 보였다.

"디, 디오나?"

"조지, 즐기러 왔어요."

"다, 당신은 오늘 오지 않기로 되어 있었는데……. 서, 설마?"

알 수 없는 위화감에 그녀를 살피던 시선이 그녀 손에 묻어 있는 피를 보고 소름이 돋는 걸 느껴야 했다.

"맞아. 내가 이렇게 만든 거지."

"나, 난 상원의원이야. 넌 도대체 누구… 큭! 크큭!"

번개처럼 다가간 디오네는 그의 목을 잡고 위로 집어 올렸고, 마치 헝겊인형처럼 맥없이 달려 올라간다.

"내가 누구냐고? 당신이라면 많이 봤겠군. 혹시 디오네이아라고 하면 알 수 있나?"

"크……. 큭! 어, 어떻게?"

"역시 알고 있었군. 즐거웠냐고 물었지? 지옥이었어."

"아… 악! 큭! 아아… 악!"

그대로 왼손을 심장에 꽂았다. 그리고 아주 천천히 거치적거리는 가슴뼈를 뚫고 들어가 심장을 뽑았다.

뜨거운 피가 디오네의 얼굴을 피로 적혔지만 개의치 않은 표정이다.

자신의 심장을 바라보던 조지 페더는 고개를 떨어뜨린다. 하지만 화가 풀리지 않은 디오네는 잡고 있는 손에 힘을 줘 목을 비틀어 버린다.

"아아아……."

오늘 구경을 왔는지, 조지 페더와 친한 남자인지 모를 남자는 오줌을 싸고 넋을 잃은 듯 디오네를 바라본다.

탕! 탕!

막 발을 들어차려는 순간, 경비원의 총이 먼저 그의 머리와 심장을 뚫는다.

그리고 경비원은 누군가를 또 발견했는지 총을 갈긴다. 한데 그 경비원의 머리에 뭔가가 박히는 소리가 들리며 바닥에 쓰러진다.

'뭐지?'

디오네는 내공은 넘쳐나지만 전투에 특화된 것이 아니었기에 무슨 일이 일어나는지 눈치채지 못하고 있다가 경비원이 죽자 비로소 주변의 소리가 들려오기 시작했다.

총소리도 이제 거의 들리지 않았고 '크아압' 하는 기합 소리가 계속 들려오고 있음을 알았다.

"크아압!"

방에서 나오자 요리사 복장에 요리용 칼을 든 한 사내가 엄청난 거리를 날아 경비원의 목을 날리는 장면이 눈에 보였다.

영화에서 보던 것처럼 깔끔하고 군더더기 없는 실력. 그에게서 얼핏 위즈의 모습이 보인다.

"당신이 이곳을 이렇게 만든 건가?"

입꼬리가 왼쪽으로 상당히 올라간 것이 건방진 얼굴이었고, 즐거운지 눈이 웃고 있었다.

"넌 누구지?"

"나? 요리사. 한데 내 질문에 답을 하지 않는 걸 보니 맞나 보군."

요리사가 천천히 다가올수록 그녀는 가슴이 답답해지는 걸 느껴야 했다.

'이곳이 마지막인가?'

상대할 엄두가 나지 않는 사내였다. 섬에서도 다섯 손가락 안에 들 정도로 강해보였다. 그렇다고 넋을 놓고 당할 그녀는 아니었다.

최후의 시도는 해야 했다.

"갈!"

최면을 걸려는 순간, 사내의 고함에 최면은 깨져 버린다.

"섭혼술인가? 그런 잔재주는 나에게 통하지 않아."

"흥! 그렇다고 쉽게 죽어줄 생각은 없어."

그녀가 가진 유일한 무기가 통하지 않음에 절망해야 했지만 겉으론 내색하지 않았다.

"제발 그래줘. 간만에 본 피인데 이대로 끝내고 싶지 않거든!"

요리사는 공간을 좁히듯 다가와 톱과 같은 칼을 가로로 벤다.

"허? 피했어?"

위즈는 디오네에게 위급할 때 사용하라고 한 가지 보법을 가르쳐 주었다.

그동안 쓸 일이 없어 익숙하지 않았지만 뛰어난 내공 덕분에 월등해진 동체시력과 빠른 동작이 공격을 피할 수 있게 했다.

슉! 스슥! 슉! 스슥!

요리사의 공격은 쉴 새 없이 계속 된다.

벽 뒤로 피하면 벽을 자르고, 바닥을 구르면 바닥을 자른다.

"백호보법의 변형이군! 네년이 어떻게? 이것도 피해보라고!"

허리를 구부리고 마치 팽이처럼 돌며 칼을 휘두르는 요리사의 공격은 도저히 피할 수 있는 것이 아니었다.

"아악!"

가까스로 몸을 날려 피했지만 허벅지에 상처가 나는 건 막을 수 없었다.

"더 보여줄 건 없나?"

쓰러진 디오네는 다가오는 요리사를 보고 눈을 감았다.

"없다면 죽어야지!"

'위즈. 한 번이라도 봤으면 했는데……. 잘 살아.'

이미 오래전에 죽는 편이 나은 삶이었기에 아쉬움은 없었다. 그저 위즈가 어떻게 변했는지 보고 싶을 뿐이었다.

바람 소리가 칼이 다가옴을 전해준다.

순간, 칼의 바람 소리보다 배나 빠른 무언가가 날아온다.

"크~ 웬 놈이냐!"

"……."

챙! 차차차차차창!

금속과 금속이 부딪히는 소리가 멀어지면서 들렸기에 디오네는 눈을 떴다.

"…위즈?"

자신의 동체시력으로도 파악하기 힘들 정도로 빠르게 싸

움을 하는 남자의 뒷모습이 눈에 박힌다.

두 사람의 싸움은 흉흉했다. 지하실 전체가 싸우는 소리로 가득 찬다.

"크아아압!"

요리사의 기합이 터져 나온다. 그와 함께 압축된 공기가 터지는 듯한 소리가 디오네의 귀를 덮친다.

"이, 이 개자식!"

비슷하던 싸움은 차츰 위즈에게로 기울고 있었다. 하얗게 유지하던 그의 요리복장이 점점 붉게 물들었다.

"컥!"

외마디 비명과 함께 싸움은 끝이 났다.

심장에 단검을 꽂힌 요리사는 서서히 앞으로 쓰러졌고 바닥에 눕기 전에 목이 사라진다.

"위즈!"

당당히 서 있는 그를 향해 디오네는 소리쳤다.

괜스레 감상적으로 바뀌는 마음 때문에 앞이 흐려지면서 돌아서 다가오는 그의 모습이 또렷이 보이진 않았지만 위즈가 분명했다.

그리고 흐려진 눈으로 얼굴은 정확히 보이지 않았지만 그의 왼쪽 이마에서 눈썹까지 내려오는 상처가 묘하게 일그러지는 게 보인다.

디오네는 알고 있었다.

위즈가 웃을 때 일어나는 상처의 변화라는 걸.

"디아, 오랜만입니다."

위즈였다.

『복수의 길』 5권에 계속…

FUSION FANTASTIC STORY
월문선 장편 소설

화려한 귀환

머나먼 이계의 끝에서
다시 돌아온 남자의 귀환기!

『화려한 귀환』

장점이라고는 없던 열등생으로 태어나,
학교에서 당하는 괴롭힘을 버티지 못하고
자살이라는 극단적인 선택을 하게 된 남자, 현성.

"돌아왔다……. 원래의 세계로!"

이계에서 죽음을 맞이하게 된 현성은
자신을 죽음으로 내몰았던 현실 세계로 돌아오게 된다!

고된 아픔들, 그리웠던 기억들.
모든 것을 되살리며 이제 다시 태어나리라!

좌절을 딛고 일어나 다시 돌아온
한 남자의 화려한 이야기!
이보다 더 '화려한 귀환'은 없다!

Book Publishing CHUNGEORAM

FUSION FANTASTIC STORY
건(建) 장편 소설

컨트롤러

Controller

세상에게 당한 슬픔,
약자를 위해 정의가 되리라!

『컨트롤러』

부모님의 억울한 죽음.
더러운 세상에 희롱당해
무참히 희생당한 고통에 분노한다!

"독하게… 살아가리라!"

우연한 기회를 통해 받은 다른 차원의 힘.
억울함에 사무친 현성의 새로운 무기가 된다.

냉정한 이 세상을 한탄하며,
힘조차 없는 약자를 대변하고자
내가 새로운 정의로 나서겠다!

Book Publishing CHUNGEORAM

유행이 아닌 자유추구 -
WWW.chungeoram.com

이안
레이너

끊어진 가문의 전성기.
무너진 영광을 다시 일으킨다!

『이안 레이너』

백인대장으로 발령받은 기사, 이안
부하의 배신으로 인해
낯선 땅에 침범하게 된다.

"살고 싶다… 반드시 산다!"

몬스터들이 우글거리는 척박한 환경에서
새로운 힘을 접하게 된다.

명맥이 끊겼던 가문의 영광!
다시 한 번 그 힘을 이어받아,
과거의 명예를 되찾으리라!

Book Publishing CHUNGEORAM

유행이 아닌 자유추구 -
WWW.chungeoram.com